U0074466

剑客

翊青 著

（一）

清　雍正，河南。

　　司伯壽出生貧苦，十六歲時進一家裁縫店做學徒，人雖不聰明，卻很刻苦，學了一手裁縫好手藝。六年後，把自己辛苦攢下的小積蓄，再加上從朋友借貸，自己開了一家裁縫小店面。

　　要離開之前的裁縫店時，老板不讓他走。這種任勞任怨的學徒，到哪去找？司伯壽做完最後一天的工，老板給他最後的工錢時還扳個臉孔，尖酸刻薄道：「你的功夫還不到家，開什麼店啊！」

　　司伯壽心想：這幾年下來，你把所有的工作丟給我做，賺了那麼多錢，我的功夫真的不到家嗎？是你人品不到家吧！司伯壽什麼都沒說，這幾年被老板刻薄，被不少客人吆喝，磨練出忍耐、和氣生財的品格。司伯壽只是笑笑，沒再看老板一眼，轉頭離開，這是你最後一次苦待我了！

　　將來我做老板有了學徒，絕不這般待人。

　　司伯壽的小裁縫店開在靠近城邊街上，地點雖然不在鬧

市，但街上來往的路人不少，生意還不錯。

　　沒多久，娘親幫他找了一對象，是一個在米鋪裏打雜的小姑娘家，面孔清秀。小兩口第一胎就生了男胎，讓多少左右鄰舍羨慕！

　　擺脫了先前刻薄的工作環境，現在自家店面、家庭都皆得意，司伯壽一生最開心的時候就是此刻了。

　　沒多久妻子又產下第二胎，亦是男胎，大兒取名司尚，二兒取名司京。

　　裁縫店的生意越做越好，司伯壽一家省吃儉用，還清之前所有朋友的借貸後，再把店面搬到城裏，離之前做學徒的裁縫店就隔五條街，原來的老板見司伯壽沒三年就把店開進城中，還成家立業，見他一家人在店裏和樂融融，心裏好不是滋味；找了一天到他店裏，想顯顯以往的老板威嚴。

　　老板一踏進司伯壽店裏，見裏頭人還不少，生意比自己的店還好，頂著朝天鼻往裏面走去。

　　司伯壽雖然心裏不高興，還是迎著笑臉：「老板，怎麼有空來？請坐！」

　　娘子奉茶。

　　司伯壽：「老板，您要做衣服嗎？」

　　老板：「我自己有店做什麼衣服？我只是來你店裏看看。」

司伯壽：「那您請坐，我還得招呼客人，一會兒再來跟你聊。」

司伯壽和娘子一直招呼客人，老板越看越不爽，竟然上前在客人面前對司伯壽挑三揀四。

司伯壽一直忍著，忍到最後終於沒了笑容，「老板，我今天忙，不然改日再登門拜訪！」

「哼！」老板不說話，走出裁縫店，沒幾步竟踩到狗屎，一惱火轉頭過來對司伯壽罵了幾句！

娘子：「你以前的老板怎麼這樣？我們做自己的又沒得罪他！」

司伯壽：「算了！他也算教過我一些手藝。」

娘子：「他再來怎麼辦？」

過了一個月，前老板真的又來了。

娘子馬上跑去告訴司伯壽：「你看，他又來了！」

司伯壽到門口笑著臉：「老板，有什麼事？」

「沒事，我來看看。」

「老板，隨時歡迎您來坐，但是您上次那樣把我客人都趕走………」

「沒那種事！」老板大搖大擺地走進店裏。

司伯壽跟上去，「老板，我現在忙，不然您改天再來。」

「沒事，我到處看看，你不用招呼我！」老板自己走到布櫃前看著布款。

司伯壽沒辦法，回到客人堆裏繼續招呼客人。

老板開始到處告訴客人，司伯壽以前在他那裏當過學徒，他的功夫都是從他那裏學的。

司伯壽把手上的布尺放下，走到老板面前，「老板，我也幫你賺過不少錢，夠了吧！」

老板丟下一副嘴臉，又是「哼！」，慢慢走出裁縫店，邊走邊說：「沒有我你哪有今天………」

這件事過後，司伯壽對自己心中立下大願，一定要兩個孩子讀書，不要他們像自己一樣清苦，像自己一樣努力之後還要看人嘴臉。

司伯壽和娘子省吃儉用送兩個孩子上私塾，學二胡、習武。朋友笑說：「你以為讓你的孩子過有錢人的生活，他們以後就會有錢了！」

司伯壽笑笑，「我不是希望他們將來有錢，只希望他們將來做個有涵養的人。」

大子司尚迷上二胡，常於店中自娛，二胡聲引來不少過路客，使得店面生意更好。

二子司京迷上習武，可從不逞強鬥狠，不在外惹事生非。

　　一日，大子的二胡師父登門拜訪司伯壽，「司尚有拉二胡的天份，能教的我已經都教了，我希望他能到廣州跟我師父學上一段時間。」

　　司伯壽考慮了一下，「依陳師父看，那是要去學上多久？」

　　「最好一年。」

　　「一年？」司伯壽楞住，「陳師父，司尚年紀尚小，我怎麼放心得下讓他出遠門長達一年，加上一年在外的花費，我如何能負擔得起？」

　　「人才是少見的，須要栽培才能發光，府上是否能有大人陪同到廣州一年？經我師父點化，司尚將來必能走向大師之道。」

　　「這……陳師父，我讓孩子練武、習樂，只圖他們能有涵養，沒指望他們成為界中大師，只望他們日後能以樂怡情，以武健身，僅此而已，何況上廣州一年的花費不是我一家所能負擔得起。」

　　陳師父回想，自己當初為求得琴藝，大江南北四處拜師討教，離鄉背井到陌生城市做苦工付學費，每日下工之後還

必須勤苦練習，如果自己有司尚如此資質的孩子，傾家蕩產都會帶他上廣州拜師求藝。唉！司尚的父親不明白！

三日後，陳師父不忍司尚天資從此淺困於此，再度造訪司伯壽，提議自己帶司尚到廣州，並且會負擔他一年的生活開支。

司伯壽又是一愣，依然婉拒。

陳師父黯然離開，見眼前一顆需要拋光的明珠，就此沈淪於這小小井市之中。

可是，十年後⋯⋯⋯⋯

司尚與司京都離開了。

司尚衷心成為一名二胡樂師。

司京鴻願成為一名劍客。

司伯壽與娘子百般不捨，可是孩子都大了，有了自己的理想，留得住嗎？

接下來要說的是弟弟司京的故事。

司尚與司京同左鄰右舍的孩子們，年幼即入門當地武館，每日清早必到武館練半個時辰的拳法。武館師父周阿胖曾是少林俗家弟子，在少林寺待了八年，除了學就一些拳法還練過各類兵器。回到故鄉後曾幾次在市集內打跑地痞流氓而名聲大噪，隨後開起武館授徒，平時也為人正直，頗得鄉里敬重。

哥哥司尚在武館學了兩年後就沒興趣再學，只得司京每日清早一人跑去武館習武。

司京在武館學到第五年，他十一歲那年，師父開始教他兵器，由槍、棍開始，兩年後再學刀、劍。不少徒弟到了這個年紀，皆逐漸離開武館，不是全心幫家人料理生意，就開始另學一門手藝為將來糊口，都沒時間再回到武館苦練。早年一起入門的師兄弟只剩司京和兩個師兄還留在武館，師父也讓他們開始教一些年紀較小的徒弟，有一點微薄收入。

司京對劍術越練越有興趣，經常似著了迷般地苦練，師父見他越練越精進，或許他跟「劍」有緣吧！

一日，師父把幾個徒弟叫到跟前，「你們在習武中各

有所長，練武為了強身健體，不過再練下去到一個程度，眼光就應該超越這個看法。當年同我入門少林寺成為俗家弟子的師兄弟，大部份過了一年就會下山，第二年又一批人下山，第三年所有人因受不了不能吃肉，不能近女色，也都下山了。與我同時入門的少林俗家弟子只剩我一個，我也想吃肉，也想成親，我留下去的原因只有一個，我想練武，我太愛武術了！我不希望你們跟我一樣成為一個武狂、武癡，我只相惜我們這一份師徒之情，能把我懂的盡量都教給你們。我知道給你們教小孩子功夫的收入非常微薄，從今起你們不須再付我學費，三餐可以在我這裏吃，往後我要個別教你們，只有這樣才能讓你們的武藝繼續提升。

司京，從今起你只練劍。王聰，你只練刀。胡大年，你只練槍。」

師父把不同的兵器交在他們手上，「劍重儒氣，刀重霸氣，槍重銳氣。我觀察你們一段時間了，現在把適合你們的兵器分別傳授給你們，不同的兵器有各別不同的個性和練法，我要你們開始體會你們手中兵器的「氣」。」

「氣？」司京道。

「沒錯，當一件兵器練到一個程度。要能體會它在你手中所能發揮的氣，等到你們能體會的時候，就是你們達到另一層面的突破，到那時候一切的招式都已經不再是招。」

三個人聽不太懂，師父見他們一臉茫然，道：「現在先

記住，不必急著懂，練到後來就會懂！」再道，「你們三個人和一般練武的人一樣，都有一個通病，年輕氣盛，越練越狂，我要你們先練「靜」，掌控的了心，將來任何兵器都可以易如反掌。由現在開始，你們把所有招式的勁道都減少一半。」

半年後，師父要他們三個互相過招，司京與兩個師兄過招之時，已感覺輕而易舉。

夜，亥初。

徒弟們打掃完後對師父行禮正要離開武館，「司京，你留下。」師父道。

兩個師兄走出大門，武館只剩師父與司京師徒二人。

師父對司京道：「陪我過兩招。」從兵器架上給自己和司尚各抽出一支劍。

兩人過到了第三十七招，師父停下道：「剛才二十九招的白蛇吐信，第三十二招的回身劍，第三十六招的散蝶，為什麼都不刺過來？」

司京說不出話。

師父：「來。」，兩人走入武館內廳，來到師父的祖宗牌位前，師父和往常一樣，早晚各三柱香，把香插上香爐後慢慢坐下，「我已經沒東西可以再教你了！」

「師父！」司京以為師父對他剛才過招有所不滿，「我會認真學的，剛才我沒刺出去是因為………」

師父把手掌伸到司京面前，要他別再說話，「我不是氣你，你剛才的劍沒刺出來，是因為你本性善良，與你劍練的好壞無關。」

師父：「坐。」要司京也坐下。

「你自己應該知道你的功夫，特別是劍法，在我們縣城裏已經是數一數二，再練下去，你的劍法就會超越我，這不合師徒之道，徒弟的功夫最多和師父一樣，不能超越師父，所以我不能再教你。

你想要學的話，就必須走出我們這小小的縣城，去見識外面的世界，看看各門各派的高手，跟他們學，到時候你就會知道，我們小縣城裏的第一流，到了外面的大千世界，根本不入流。

我知道你在想什麼，你想我不就是在罵我自己嗎？我告訴你，事實就是這樣。我當年離開少林寺的時候，自信滿滿，兩年後到了四川參加一個擂臺大賽，看盡天下各門各派的高手，才知道自己原來什麼都不是。八年在少林寺的苦練什麼都不是，看了眼前這些高手，我幾乎放棄武術，也就是這樣才讓我謙卑下來，明白學功夫先從學做人開始。」

師父拿起水壺倒滿桌上兩個茶杯，「來，喝茶！」，自己喝了兩口，又道：「長年在我身邊的幾個徒弟裏，你是

為了想學武才一直跟了我這麼多年。你大師兄王大牛和二師兄林達，是我開武館以來的第一批徒弟，他們是為了將來接我的武館才一直待下來的，他們有耐心，總有一天挨得到的！」師父嘆了口氣，「你練武是因為愛武術，但你將來想做什麼？開館授徒？打擂臺？揚名天下？闖蕩江湖？還是超越自我？」

「超越自我？」司京不懂什麼是超越自我。

師父道：「開館授徒就跟我一樣，除了要有真功夫不怕人來踢館，還要有經營武館的生意頭腦。打擂臺就是要把對方打倒，不少擂臺的獎金都很豐厚，可以名利雙收。而揚名天下靠的是寫書、創立武術集會、辦擂臺大賽、結交武術名流……等等，理論多於實際，以武入文的一條出路。闖蕩江湖就是憑著一身所學的本領四處流浪，哪裏需要你的幫助，你就去哪裏；也可以捉拿官府的懸賞要犯，憑賞金度日，同時結交綠林好漢，除惡扶弱，可是江湖的險惡常常是有去無回，不是抵擋不住江湖中各種誘惑，就是走上歪路，不然就是被害於非命。超越自我是尋求不斷的進步，上天開什麼路給你，你就去走，任何一條路都以追求武術的昇華，追求武術對你人生的意義；這個你現在還年輕不懂，不過沒關系，超越自我的路任何時候都可以開始，不必急！好了，說了這麼多，你想選擇哪一條呢？」

「我……我要闖蕩江湖。」

師父笑了一下，「不錯，是個有理想又有胸懷的男子漢！」再喝了一口茶，「要闖蕩江湖的話，你現在的功夫還不夠。你若想以「劍術」闖蕩江湖，必須先做兩件事，第一，拜名師，你的劍術得以再精進，有名師聲望加持你的名氣，名師能引你進江湖正道。第二，你要有自己一把好劍，有了適合你的好劍，你劍法的功力會十倍、百倍得大增。這兩件事都要有緣才能做到。

　　「那……那我現在該怎麼辦？」

　　「我還要問你一件事，你爹娘現在是多大年紀？」

　　「我爹四十二，我娘三十四。」

　　師父點點頭，「你要是去闖蕩江湖，爹娘可有人伺候？你兄長可願意照顧他們？如果沒有人在你爹娘身邊看顧，你心中有牽掛，怎麼能好好地去闖蕩江湖呢？」

　　司京在回家路上一直想著師父的話，「等一下怎麼跟大哥開口呢？」

　　入睡前，司京在房中看著大哥，肚子裏有一大堆話想跟大哥說，想告訴他，自己想離開家鄉去拜名師、闖蕩江湖、行俠仗義，爹娘你能照顧嗎？

　　大哥將蠟燭吹滅，兩個人都躺下，在黑暗裏，司京終於比較好開口：「大哥！」

　　「嗯？」

司京話到嘴邊，又開不了口。

司尚：「什麼事？」

「沒……沒事！」

「不早了，睡吧。」

「大哥……」

「怎麼了？」

司京終於用力地說出口：「你有沒有想過離開我們這個小城鎮？」

「怎麼沒有！十年了，我每天都想走。」司尚摸黑坐起來：「十年前二胡師父要帶我到廣州跟師祖學一年，爹不準。在我們這個小地方，我拉的曲子就那麼幾首，已經拉了上幾百次，都膩了，你沒看我這幾年來二胡練得越來越少！」

「原來是這樣，的確好久沒聽到你拉二胡了！」

「想當初爹不讓我去廣州是因為我小，現在我十七了，我還存了十兩銀子，趁師祖還活著，我真想去跟他學，不然等師祖不在就沒機會了！」

「十兩！你怎麼能存這麼多錢？」

「在店裏剪布，修改衣服，爹每個月給我的五文錢，有時候送衣服還會有打賞，我都存上，就是為了將來可以去廣州拜師。」

「那你打算什麼時候走？」

「我跟自己說存夠十兩就跟他開口，現在我錢存夠了，等春天換季的一票客人衣服都做好，我就跟爹開口，加上有你在他們身邊，我也放心了。」

大哥這麼一說，司京又說不出話了。

片刻的寧靜中，司尚似乎感覺到弟弟有心事，「怎麼了，你也想走啊？」

謝天謝地！你沒問我都不知道該怎麼開口，「周師父也說我應該離開這裏去長長見識，劍術才能再進步。」

這下換大哥沒說話了。

許久，大哥才道：「你能不能等一年，等我去廣州一年回來以後你再走？到那時候，有我在爹娘身邊，你要走多久都可以。」

司京想了一下，道：「好，我也趁這一年多存點錢。」

「嗯！」司尚開心道，「你存多少錢了？」

「一兩。」

「才一兩！你都花到哪兒去了？」

「吃東西、看戲、請朋友。」

「那今後你這些花費都要省下來才行。」

「嗯！」

「睡吧！」

兩兄弟把話說明了，內心踏實就好睡了！

斜陽映黃昏，街道上的人漸漸散去。

娘開始做飯，爹和司尚、司京開始收鋪。不一會功夫，司京把鋪子的大門關上，一家人圍著桌子吃上一天下來最輕鬆的一餐飯，不必趕著開門，也不會被上門的客人打擾。

爹和平時一樣，把飯桌上的肉先夾給司尚、司京，自己才開始撥飯入口。

司尚：「爹，我存了一點錢，想到廣州拜師祖學二胡。」

娘楞住，向爹看去。

爹把口中的飯慢慢地吞下，「都那麼多年了，你還在想這件事！」

司尚：「我已經存了十兩，在廣州省吃儉用，過上一年應該夠了，要是不夠的話我可以去打雜。」

爹看了娘一下，沒說話。

「爹！」司京道，「等大哥回來，我也想出去拜師學劍。」

爹慢慢地吃著飯。

兩兄弟看爹一直不說話，心裏越來越擔心，爹是不是生氣了？

爹吃完飯，再喝了一碗湯，坐到窗子旁的椅子上，看著窗外的夜空。

兄弟倆心想，糟了！爹真的生氣了。

「你們兩個過來。」爹說。

兩兄弟來到爹面前。

爹道：「我為了學裁縫這門功夫，在我以前的老板那裏六年，忍氣吞聲，我一生最大的羞辱就是這六年我以前的老板他時不時得罵我，心情不好的時候罵我兩句，心情好的時候為了開心也罵我兩句。我幫他賺了好多錢，等到我自己開店，他沒事又到店裏來罵我兩句，這你們跟娘都見過。」

司京：「他怎麼這麼過份？」

爹：「因為我窮。為了吃飯、學手藝，不喜歡做的還是得做，沒有選擇。可是這讓我學會他的手藝和怎麼經營裁縫店，最重要的是練就了我忍耐的功夫。」

司尚：「忍耐？」

爹：「是啊！如果當初不忍耐，今天我們裁縫店的生意會這麼好嗎？遇上挑三揀四的客人，喜歡占便宜的客人，沒口德的客人，都是靠那六年被我這沒修養的老板給磨練出來的。有時候被老板罵的是眼淚往心裏吞，有時候是氣得往肚子裏吞，吞不下還是要吞。」

司京：「這麼過份，別幹了！」

爹：「你不幹有大把人要幹，我走了他第二天就能再請

到人，更何況為了吃飯，不幹就沒飯吃。你們兩個命好，現在世道安定，雖然我們家裏不是大富大貴，可是你們沒嚐過沒飯吃的滋味。我從開始計劃要存錢開店那一天，決定了三件事，第一，將來我如果當老闆請了工人，絕不口出羞辱，絕不看不起人。第二，我和我一家人都要做有涵養的人，活在有涵養的生活中，對人有禮有德。第三，是我要讓我的孩子有好的教育，不要他們吃我受過的罪。所以我讓你們上私塾、學武、習樂，在教育上從不吝嗇。再教你們做裁縫、打理鋪子，有一技之長，將來可以接我的生意，可以有安定的生活。可是你們對於我裁縫這門手藝沒有上心。」

說到此，司京和司尚雙雙把頭低下。

爹再道：「你們不必難過，你們二人的生活態度也不算壞，不是閒人品德，現在你們既然不必受吃不飽的拖累，有條件做自己喜歡的事，我會讓你們去做，這是我以前沒有的福氣。你們可以有選擇，我也很高興。不過我想知道，司尚，你學了一手好二胡，將來要做什麼呢？」

司尚：「去廣州拜師是我的心願，回來以後我想到我們城裏的戲團裏拉二胡。」

「司京，你呢？學了一手好劍法以後，想做什麼呢？」爹說。

司京：「我想行走江湖。」

爹皺了眉頭，「你又不是江湖人，為什麼要行走江

湖？」

「行走江湖讓自己的劍術更長進。」

「讓自己的劍術長進一定要行走江湖嗎？」

「不，不一定要，只是我想選擇這一條路。」

「江湖險惡，我不會答應你，那是一個完全不同的生活方式，我今天如果答應你，是將來害了你。」

娘：「你學好劍法以後做別的行不行？」

司京：「還可以開館授徒，打擂臺，以武入文。」

爹：「什麼叫『以武入文』？」

司京：「就是以武做學問，寫書、辦擂台賽、辦集會。」

娘：「孩子的爹，你看這三樣行不行？」

爹：「開館授徒、以武入文可以，打擂臺不行？」

司京：「為什麼？」

爹：「人外有人，天外有天，打擂臺太危險。你要明白，我們是普通百姓，不是那種人。」

娘：「京，你可以答應爹只做『開館授徒』和『以武入文』嗎？」

司京：「可以。」

爹：「讓你們兩個出去拜師有兩個條件，一年後一定要回來，回來後立刻成家。」

「好！」兩兄弟高興地說。

司尚：「爹，快換季了，我想做完換季的衣服就走好不好？」

爹：「你可以，司京不行。」

「啊！」司京道，「為什麼？」

爹：「你年紀太小了，再等兩年。」

「爹，我已經十六了！」

「不然你就成親後再走，等成親以後你就是大人了。」

司京：「爹，那你會幫我成親！」

爹：「什麼幫你成親！這種事我怎麼能幫你，我只能幫你找對象，你得自己成親。」

司京：「我就是這個意思，你會幫我找對象成親！」

「看你急成這樣，讓你娘去找媒婆吧！」

司京催著娘匆匆忙忙地去找媒婆，媒婆把幾個對象的八字交道娘手上，娘拿了八字到算命仙那裏排了一下，挑了一個八字最合的，再挑了三個月後的吉日過門。

爹對娘道：「看司京還像個孩子一樣，真後悔當初跟他說成了親就能走。」

娘：「不然我來跟他說，過兩年再走。」

爹：「不行，我們做長輩的，怎麼能在孩子面前言而無信。」

爹對司尚道：「你弟弟本性善良、單純，我拜托你一件事好嗎？」

司尚：「爹，您盡管說。」

爹：「你弟弟要去武當山拜師學劍，路途遙遠，也不知道人家收不收？你能不能陪你弟弟去一趟武當山，再去廣州？如果武當山不收他，你就先把他帶回來。」

「爹，我答應你。」

司京成親後就把娘子留在家中，大哥陪他上路；出門前一晚，爹又給了他們一人十兩，吩咐他們每個月都要捎信回家。

兩兄弟一路坐馬車，馬車走不了的山路就捨棄馬車，輪流一人騎馬一人徒步，一個半月後到了武當山，二人皆已瘦骨如柴。

　　武當山的道長說他們今年收俗家弟子的時間已過，叫他們明年七月初再來入試。

　　兩人再花一個半月的時間回到河南。司尚把弟弟帶回家後朝廣州上路。

　　司京在家裏默默地待了十個月，正要上路去武當山，娘子大了肚子。

　　爹：「你要做爹的人了，孩子出生你都不看一眼，你娘子生產時你又不在，這對她怎麼說的過去，不能這麼薄待人家。」

　　司京不情願地又在老家多呆了一年。

　　大哥從廣州回來，「你還在啊？」

　　第二年，司京說什麼都要走，沒人攔得住。

　　大哥再陪他上武當山。到了武當山，道長說：「去年你怎麼沒來呢？今年我們要修院，不收俗家弟子。」

　　司京氣得在武當山上哭了三天三夜才下山。

　　司尚一路安慰他，到了山下一家客棧，司京大醉了一天

無法上路，等到第二天清晨才上路。

回河南的路上，司京不是哭就是喝酒，司尚再怎麼勸都無用。

司尚：你這麼不開心做什麼呢？回到家一定能找到其他開心的事做的，做人不一定非要練劍就不能活！

司京大叫：「我要拜師！」

司尚：「我在廣州那一年，住的附近就有間武館，不如你到那裏拜師吧！」

「我要拜名師！」

「我看那家武館裏學的人很多，比周師父的武館還大，不差的！」

「周師父說我的劍術在一般人中已屬上乘，我要拜名師！」

「你既認為你的劍術在一般人中屬上乘，那還不簡單嗎？去踢館吧！」

「什麼？」

「去踢館呀！踢得了人家的武館，就證明周師父沒騙你。倘若踢不了館，證明人家比你行，那人家做你師父就綽綽有余，你就拜他為師咯！」

「咦，我怎麼沒想到！」司京臉上痛苦一掃而空。

「我們回家路上所經之處有武館就進去討教，找到比你行的就留在那裏學，比你差的就離開去下一家，這不就好

了？如此來這一趟你也沒白出門，也算半求師，半行走江湖了！」

司京大喜，興奮得抱著司尚又叫又跳。

又走了大約二十里路，司尚叫住了一個過路的樵夫，「大伯，這附近哪裏有武館？」

「城裏有一家『武堯堂』。」

兩兄弟興奮得叫了出來。

進到城裏天色已暗，司尚：「都走一天了，我們先找個地方投宿，你養足了體力，明早再去。」

「也好。」

清早，兩人吃了幾個包子，便找到了『武堯堂』。

「什麼事啊？」『武堯堂』大門內幾個練武的人道。

司京：「久仰大名，特來討教。」

「哦！來踢館的，進去找大師兄吧！」

兩兄弟往裏面走，見到另一群人在練武，其中一人走上來，有禮地說：「二位何事？」

司京：「久仰『武堯堂』大名，特來討教！」

對方往裏面大喊：「大師兄，有人來踢館。」

所有人都停下來，看向司京和司尚。

大師兄走上前來，帶著疑惑道：「小兄弟，你年紀輕輕就要來踢館？」

司京：「在下司京，來自河南，師承周阿胖，學的是少林派劍法，請賜教。」

大師兄：「小兄弟，你年輕氣盛，劍這種東西是很危險的，你還是放下這個念頭吧！以免受傷。」

司京很有誠意再次道：「請賜教！」

大師兄嘆了一口氣，「唉，好吧！我師父出自武當，他現在不在，我就以武當劍法和小兄弟切磋一下。」再道，「切磋之間，刀劍無眼，依本館規矩，切磋前需簽下生死狀，若有死傷，後果自負。」

司尚皺出眉頭，司京立刻脫口而出：「可以！」

兩人過到了第十二招，司京的劍就停在這位大師兄面前，不再出招，大師兄面色頓時發白嚇出冷汗，司京即時收招。

「想不到小兄弟你年紀輕輕，劍法練得如此純熟，佩服！」

突然旁邊有人出聲，「大師兄，請容我也與這位小兄弟切磋。」

大師兄：「三師弟，師父有吩咐，他人不在時踢館的事我負責就好，切磋的事到此為止！」

三師弟：「大師兄，你知道我對劍術情有獨鐘，難得有人是來比劍的，就給我這個機會吧！只是切磋，當是讓我有

個學習的機會！」

「這………」大師兄道，「好吧！點到為止。」再轉向司京，「小兄弟，我師弟的武當劍練得不比我差，你可願意和他切磋？」

司京：「求之不得！」

雙方再簽下生死狀，然後走到內堂中央。

司京和這位三師弟過到第十九招時，將劍在他手上輕輕拍了一下。

三師弟立刻收招，「我輸了！」又道，「你可以以劍刃在我手上劃上一道，可是你只以劍面拍了我手一下，多謝手下留情！」

大師兄走上來，「小兄弟，你年紀輕輕劍術就這麼好，你說你練的是少林劍法？」

司尚：「是啊！我師父曾是少林俗家弟子。」

大師兄點頭。

司京：「請問您師父什麼時候回來？」

大師兄：「可能要這個月底。」

司京：「這麼久啊！」

大師兄送司尚和司京到武館門口，道別時說：「我聽家師說過，杭州的『銼劍堂』和柳州的『茗俱林』只練劍，而

且都是中原劍術的翹楚，或許你可以到那裏看看。」

司尚和司京對大師兄拱手道別，「承讓！」。

大師兄：「走好！」

今天是司京人生最開心的一天。

「大哥，我們先到杭州，再到柳州。」司京道。

「不行，我們的盤纏不夠！」司尚道。

「可是『銼劍堂』和『茗俱林』是專門練劍的地方，去那裡才能見識到劍術高手啊！」

「你已經打敗了兩名武當劍手，也算是光宗耀祖了，回家吧！」

「大哥，我好不容易才能出來一趟，倘若現在就回家，什麼時候還有機會再出來呢？」

司尚想了許久，道：「我們的盤纏只夠去一處，你挑一個吧！」

司京一直無法決定，是去『銼劍堂』還是『茗俱林』。

「去『銼劍堂』吧！」司尚道，「那裏離家比較近，盤纏可以比較充裕。」

「好！」司京又開心興奮得上路。

兩人到杭州的路上，司尚又踢了四家武館，只比劍法，二勝二敗，第一次出門四處與陌生對手比試，就有這般的成

績，司京的劍術與信心不斷提升。

用了近兩個月的路程，終於到了杭州，四處問路打聽，終於找到了『銼劍堂』。

兩兄弟走到『銼劍堂』大門前都楞住；『銼劍堂』的匾額高掛大門之上，這兩扇大門就有一層樓高，兩邊墻面粉白，周圍種的都是柳樹，一陣幽靜的氣息。

司京：「怎麼這麼靜呀？一點都不似劍堂，更不像武館。」

司尚上前敲門，敲了半天，終於有一個全身白袍的小孩子來開門。

「二位有什麼事嗎？」

「河南少林劍司京特來討教劍術。」司京道。

白衣小孩：「我們這兒不讓人踢館。」

司京：「切磋劍法是很平常的事，互相討教，有何不好呢？」

「我也不太懂，這是掌門人定下的規矩。」

「這樣啊！」司京立刻又道：「那拜師呢？」

「這裏不收徒弟的。」

司尚：「不收徒弟？那你們『銼劍堂』怎麼經營下去？」

「我也不知道。每年像你們這樣來的有不少人，不行

的。」

司京：「那我能見見你們掌門人嗎？」

「不行。」

司京：「麻煩你問一下吧！我們是從河南來的。」

「不行的，大江南北來的人太多了，真的不行的。」白衣小孩要把門關上。

司尚拿出幾個碎銀子出來伸到小孩面前。

「哎！不行的，大師兄會罵我的。」白衣小孩又要把門關上。

司京立刻從包袱裏拿出一根圓又大的麥芽糖。

「這…這……」白衣小孩似乎經不起誘惑，一臉難受的樣子，「哎！這怎麼好呢？真是的，你們怎麼可以用這種東西……哎！」這會兒大門關也不是，不關也不是。

司京見白衣小孩陷於兩難，馬上把麥芽糖塞到他手上，「你就說我們兩個人是特別從河南來的，已經五天沒吃飯，幾乎餓昏在門口，拜托你啦！」

「哎！好吧。」白衣小孩道，「你們待會裝得像一點。」

「多謝小哥！」司尚和司京不不斷道謝。

沒一會兒，白衣小孩和另一書生氣的白衣男子開門出來。

白衣小孩：「就是他們了。」

司京抱著肚子，「好餓呀！餓得都頭昏了。」

司尚也立刻抱起肚子，「是啊！我還以為會餓死在半路，到不了『銼劍堂』！」

白衣男子看了一下，見他們年紀輕輕，也不像乞丐，便道：「帶他們去廚房給他們飯吃，吃完了請他們走。」說完轉身走入大門。

白衣小孩：「進來吧！」

兩兄弟跟在白衣小孩後面，進了『銼劍堂』，方才的白衣男子往另一個方向走去。

想不到裏面好大，一點都不像武館，和門外一樣到處是柳樹，地上鋪的盡是石磚，每每微風一過即見柳枝折腰，更見典雅。

兩人走進廚房，一輩子沒見過這麼大的廚房。

一個親切又和善的老人見他們來到，「小松子，你帶朋友來了？」

白衣小孩：「秋然師兄說給他們飯吃。」

老人：「好，你們坐一會兒，我炒個飯給你們吃。小松子，你吃不吃啊？」

小松子：「我吃半碗就好。」

「好！」老人道。

三個人坐在廚房中間的木桌旁，司尚對小松子道：「怎麼看不到有人練劍？」

小松子：「他們在大院另一邊。」

司京：「吃完飯帶我去看看好不好？」

小松子臉色又難看起來，「秋然師兄說了，吃完飯請你們走，我不照做會被罰的。」

司尚：「你說這裡不收徒弟，那練劍的都是什麼人啊？」

小松子：「是掌門人挑的。」

「哪裏挑的？」

「論劍壇。」

「論劍壇在哪裏？」

「在鶴頂峰，浙江跟福建邊界的一座山上，七年一次，想要進『銼劍堂』學劍的人，每七年都到那裏比劍，掌門人挑上的就會帶入門。」

「七年才一次！」

這時老人把炒飯端上。

司京：「這麼快！」

老人：「每頓煮給四十幾個人吃，手腳不快怎麼行！」

司京：「四十幾個人，都靠你一個人做飯？」

老人：「是啊！一天三頓。」

兩兄弟和小松子吃起飯。

「好香啊！」司京道。

「是啊！」司尚道，「這麼快能做出這麼好吃的飯！」

司京道：「老伯，這叫什麼炒飯？」

「叫我陸伯，這邊的人都叫我陸伯，這叫蔥爆牛肉蛋炒飯，別的地方可吃不到喔！」老人笑了起來。

小松子：「陸伯做的飯香又不油膩。」

陸伯用手開心地往小松子頭上壓了一下，「你的嘴比我做的飯還油膩！」

陸伯轉向兩兄弟，「你們兩個是來拜師的？」

司京吃著飯，點頭道：「是啊！陸伯，我怎麼樣才能在這裏拜師呢？」

陸伯：「不行的！你把劍練好，到論劍壇去碰緣分吧！每年多少人在門外想拜師，堂主沒一次破例的。」

司京：「陸伯，為什麼你說碰緣分而不是憑劍法呢？」

陸伯：「你劍術再好，掌門人看不上也沒有用，他挑的是他教得來的，而不光是劍術好的。有一次，一個小夥子在論劍壇連敗十二名劍客，掌門人不挑他，他氣得跑到掌門人面前問為什麼？掌門人說你的劍法已經定型了，我怎麼能再教你改變套路呢？你年輕、劍法好，可是氣盛高，我教的你不會服。你的劍術已經這麼好，應該去闖出自己的一番天地，沒必要再花時間拜師，『銼劍堂』是學劍的地方，不是保證你成功的地方。你接下來要學的地方在大江南北，『銼劍堂』不適合你。」

那個小夥子聽不進去，氣得要命，到處找人比劍，闖出了一番名氣。五年後他又找上掌門人，這次是要和掌門人比

劍，出招之前還狂妄得對掌門人說：我要你後悔當初沒收我為徒！

掌門人第一招就挫敗他，他幾乎無法相信。掌門人對他說：你花五年就能把劍氣、劍型、劍意練得這麼好，讓我大吃一驚，你是個奇才，但我還是沒後悔當初沒收你，因為你的劍心練不好。

小夥子不甘心得跪在掌門人面前，求掌門人教他劍心，掌門人說這要讓時間去教，若是要走捷徑的話，「謙卑」是唯一的捷徑。

小夥子站起來對掌門人破口大罵，說不教他也不必要他。掌門人對他親切的笑笑，沒再多說。

一年後，這小夥子死在刀客嚴其初的刀下，聽說死前說了一句「我懂劍心了！」真是個年少輕狂的劍癡！」

司尚：「陸伯，這裏學劍要多少錢？」

陸伯：「不用錢。」

司尚無法理解，「這麼大一個『銼劍堂』不收學費怎麼維持下去？」

陸伯：「這我就不知道了，不過每年都有幾個身著體面的人來這裏走走看看，大概是幾個好劍的有錢人資助的，我也不好多問。」

司京：「下一次論劍壇是什麼時候？」

小松子：「過了三年了，再等四年囉！」

「什麼？」司京道，「我哪裏有四年可以等！有什麼辦法可以讓我耍一套劍法給掌門人看，他看了不收的話，我也甘心！我這麼遠來一趟，不想就這麼白白得回去啊！」

陸伯笑笑，「像你這樣長途跋涉來拜師的人太多了，不只你一個。這裏拜師不成，就去別的地方學嘛！你年紀這麼輕，還有很長的路要走，不必停在一個地方這麼執著。」

司京還是不想放棄，「真的沒有其他方法？」

司尚：「可以跟這裏的學徒切磋嗎？」

陸伯：「這我可就不知道了。」

司京：「陸伯，您幫幫忙吧！我都進來了，就差這麼一步。」

陸伯：「這裏規矩很嚴，我可不想砸了自己的飯碗。」說完親切地掉頭走開。

司京：「小松子，你一定有辦法，至少帶我們去看他們練劍，瞧一眼就好。」說完從包袱裏拿出一只糖葫蘆。

「這是……」小松子盯著糖葫蘆口水不停得流出來，內心又開始了絞痛的掙紮。

「你如果不願意的話，那我就要吃了。」司尚把糖葫蘆挪到嘴邊，將嘴巴慢慢張開……。

「等一下！」小松子叫出來。

司尚：「不要勉強，我們不強人所難的。司京，你吃吧！」

司京把嘴張得更大。

小松子趕緊道：「可以！可以！」把糖葫蘆搶過來塞進自己衣服裏。

小松子偷偷地把兩兄弟帶到練劍大院旁的一個閣樓，聲音憋得很小聲道：「你們千萬別出聲呀！這裏的人耳朵都很好，你們一被發現的話，我就完了！」

三個人憋手躡腳得上到閣樓第四層，從窗子細縫往下看。

四十多個身著白衣的年輕人在大院裏練劍，劍法那麼地快，可那麼地整齊優雅。

司京：「這不是練劍，是耍劍嘛！」

小松子伸手把司京的嘴捂住，緊張又小聲地道：「別說話呀！他們是在練劍型。好啦，快點走！」指著樓梯，要大夥一起走下去。

司京捨不得走，小松子抓著他的衣服，把他拉下樓。

司尚心想，他們練得真好看，卻一點也不花俏。

三個人走下樓，小松子帶著他倆趕緊往大門跑。

司京邊跑邊說：「看你急成這樣，像逃命似的！」

小松子：「完了！完了！八成被發現了。」

司尚：「不可能吧！我們在閣樓上離他們那麼遠。」

小松子：「跟你說你也不會信，他們八成聽到我們說話了，快走啦！」

小松子話剛說完，三個白衣人已經出現在他們面前。

兩兄弟嚇了一跳！這三個人是哪來的，像風一樣。

小松子嚇得臉色大變，其中一個白衣人道：「小松子，這兩個人是誰？」

小松子急忙解釋：「秋然師兄叫我帶他們進來吃飯。」

「叫他們進來吃飯，有讓你帶他們看練劍嗎？」

小松子顯得更緊張，「他們要出去，可是走錯路，我正找到他們要帶他們走。」

「你們兩個吃完飯就該走了，還偷看練劍，這可是壞了銼劍堂的規矩。」

司尚：「我們無心的，放過我們吧！」

「去大師兄那兒，看他怎麼處置，走！」

走過一片柳樹林，再走過練劍大院旁練劍的人群，來到大師兄面前。

「大師兄，這兩個人偷看我們練劍。」

大師兄：「你們怎麼進到練劍大院的？」

小松子：「秋然師兄叫我帶他們進來吃飯，吃完飯他們要走，走錯路，我正看見他們要領他們要走…………」

其中一白衣人：「走錯路可以走到閣樓上，有趣！」

大師兄：「你們打哪兒來的？」

司尚：「河南。」

大師兄：「來做什麼？」

司京：「來拜師的，盤纏花光了，好幾天沒吃飯。」

大師兄：「請秋然師弟過來。」

沒多久，秋然師弟來到大院。

大師兄：「秋然師弟，你有請他們進來吃飯嗎？」

秋然師弟：「是，我見他們已多日沒進食，是我請他們進來的。」

大師兄：「他們吃完飯後跑到閣樓上偷看大家練劍。」

秋然師弟：「小松子，我不是說他們吃完飯請他們走嗎？」

小松子：「我……我要去茅房，請他們自己出去，他們走錯路了。」

大師兄看著司京與司尚，道：「是這樣嗎？」

「是！」司京與司尚同聲道。

大師兄：「既是無心之過，小松子，帶他們出去。」說完轉身走開。

「可是他們看到我們的劍法了，壞了『銼劍堂』的規矩。」其中一個弟子說。

大師兄腳步停下來，對這種雞毛瑣碎事根本不想理，可就有些師弟沒事幹，喜歡在小事上大做文章，這下來了這一句不理又不行。

大師兄暗暗嘆了無奈的一口氣，「把他們關起來，等師

父回來發落。」

另一個弟子道：「照規矩辦就好了，何必等師父回來。大師兄，你有權辦的！」

大師兄：「他們雖然看到我們的劍法，卻是無心，並非有意，情況不同，等師父回來再說。」

「看到就是看到了，照規矩把他們雙眼挖了不就好了。」

司京和司尚一聽嚇得往後退了幾步。

大師兄：「你在教我做事嗎？你那麼喜歡看人挖眼，不如挖你的好了！」一改平時口氣，「不好好練劍，就愛搞事。下去！」

司京和司尚被關到一間柴房裏。

從柴房的小窗口可以看到練劍大院的一半。兄弟倆每天沒事就看銼劍堂一幫弟子們練劍，再自己練，互相比試、討論，三餐還有人送來，這根本和入門差不多！一個多月後，連司尚的劍法也大有長進。

司京和司尚吃著陸伯做的飯，有煎魚，炒白菜，蒸蘿蔔、醬瓜、白飯和燉排骨湯，每天食堂裏吃什麼，他們也吃什麼，「這陸伯做的飯真好吃！」司京道。有時候送飯的弟子還會問：「飯夠不夠？被子夠不夠？要不要喝點熱茶？」

「大哥，他們怎麼對我們這麼好？」

「人家『銼劍堂』就是大度、識大體，大的武館就是不一樣。」

半夜，四更。

司京：「大哥，起來！快起來！」

「什麼事啊？」，司尚懶得把眼睛張開。

「外面有人跑來跑去。」

「嗯？」司尚爬起來，朦朧地睜開眼往窗外看了一下，「有嗎？」

「你等一下，再看一會。」

司尚張大眼，「真的呀！」

窗外有四個人從大院的一邊跑到另外一邊，完全聽不到腳步聲，可見輕功極好，他們手上抱著一些東西，好像是……書。

司京：「他們鬼鬼祟祟的，會不會是小偷？」

司尚：「應該不是，外面月光雖然不很亮，可是從他們每個人的形體看來，像是白天那些穿白袍練劍的弟子。」

「是啊！真是越看越像。」

「難道是監守自盜？」

「唉！別管了，別又惹麻煩上身。我們想好等他們掌門人回來要怎麼說，才能快點回家，其他的事不要管了！」

司尚倒頭繼續睡，司京依然仍盯著窗外。

沒多久這個四個人又回來搬了一些書。

哪來那麼多的書啊？司京搞不懂。再看窗外四個人其中一個跑的時候右腳向外開，此人右腳外開，一定是以前練壓筋的時候練壞了！

又等了半個時辰，沒再看見任何動靜，司京才躺下睡去。

隔天，深夜。

「大哥，你快醒醒！」

「又怎麼啦？」

那四個人把書搬回來吔！」

「嗯？」司尚起身到窗邊一看，看了一會後道：「咦，是啊！」

「他們可能是晚上睡不著，出來搬點東西，流些汗比較好睡。」

「什麼跟什麼呢？他們白天練劍練了一天，還不累嗎？」司尚躺下說：「睡吧！睡吧！別理別人的事，知道得越少麻煩越少。」

司京見窗外四人其中一個，又是昨晚那個右腳外開的，「又是他！」

柴房的門打開，兩兄弟向門看去，「今天午飯這麼早吃啊？」

開門的弟子道：「二位請跟我來。」

司京：「今天起午飯在外面吃啊？」

「師父他老人家回來了。」

啊！司尚和司京兩人心理一點準備都沒有。

司京邊走邊道：「我不想被挖眼珠子啊！」

司尚苦著臉：「還是罰我們關柴房好了！」

領路的弟子道：「放心，師父不是這種人，更何況你們是無心之過，我看師父口頭上教訓你們一下就會放你們回家了。」

「是嗎？」司尚不知道該不該信。

兄弟二人越想越怕，越走越慢，司京看著司尚，一路想著：要不要現在就跑？但跑得掉嗎？他們輕功好的人可能不少，跑不掉再被抓回來不更麻煩！

經過練劍大院，走入大殿，看到這些身穿白衣的弟子們站成兩邊，中間有六個人在練劍，五個對一個。其中一個人跑了幾步將劍向前刺出，他這種眼熟的跑法……右腿外開，原來是他！

大殿內部見到一個身著白衣長袍，滿頭白髮的老人背對著他們，正在上香，拜的是一副大又長的「心」字，這個

「心」字柔中帶韌，草中帶靜，讓人看了氣和沈著，真是好字！

　　細看白髮老人，一頭長髮，整齊樸實，髮中帶銀，銀中顯亮，身形顯瘦，卻氣度非凡，想必就是銼劍堂的掌門人。等他插好香一轉身，司京和司尚見了他的面容都大出意外，這個人看起來有六十多歲，讓人感覺那麼輕鬆、親切，從頭到腳一身敏銳的劍氣，又似智慧的化身，令人不可侵犯。在他們眼前猶如一位仙人。當掌門人望向司尚和司京時，司尚和司京心中浮起敬畏，可又讓他們感到親切。

　　掌門人走向前來，以溫和的口氣問道：「你們叫什麼名字？」

　　「我……我叫司京。」

　　「我……叫司尚。」

　　「你們是兄弟嗎？」

　　「是。」

　　「是。」

　　掌門人再道：「讓你們在這裏待了這麼久，故鄉的家人一定很擔心。這裏吃、睡可都好？」

　　「好。」

　　「都好。」

　　掌門人把弟子對司京沒收的劍拿出來，「這是你的劍？」

　　「是。」

「我可以看看嗎？」

「啊？…可以。」

掌門人抽出司京的劍看了一下，再收鞘還給司京，「你們打哪來的？」

「河南。」

「從河南到這裏要多久？」

「一兩個月左右。」

「銼劍堂的劍法只傳銼劍堂弟子，三十多年的規矩，一直沒變。平時練劍的時候，也不輕易讓外人看，怕打擾到弟子們修煉，也怕外人學了一招半式就到處吹噓自己是銼劍堂的人招搖撞騙，所以規矩非常嚴謹，希望你們明白。

你們進了銼劍堂，見了銼劍堂的劍法，本以銼劍堂的規矩處置，但你們既出於無心，又已經被關過，如果你們能夠發誓不對第三者提起到過銼劍堂，我就網開一面，讓你們快點回故鄉與家人團聚，你們能答應我嗎？」

兩兄弟點頭，「可以。」

「你們不是銼劍堂的人，請你們到大殿外對天發誓。」

兩兄弟走到大殿門外，對青天發誓。

掌門人對他們親切地笑了一下，「秋然，到帳房領五兩給他們兄弟做回鄉的盤纏。」再轉向兩兄弟，「願你們一路平安回到河南。」

司尚大大地喘了一口氣，還好不用挖眼睛，可以回家了！

秋然走出大殿，去賬房拿錢給他們，兩兄弟就站在大殿門口等著。

掌門人接著走回大殿中對大師兄道：「把弟子們都叫來。」

四十幾個正在練劍的弟子全部收劍入鞘，來到掌門人面前。

掌門人對大師兄點了頭，大師兄對所有人道：「藏書閣中的「清池劍法」、「無惑劍法」、「點鶴劍法」被盜，原來的劍譜都被調包換成一般的唐詩宋詞，三套劍法一共六十八冊，完完整整得被調包，藏書閣的鎖完全沒有被破壞，可見是銼劍堂之人所為，師父希望做錯事的人站出來，把劍譜交出來，不要再錯下去，師父會從輕發落。」

過了好久，都沒人出聲。

司京看著右腳外開的弟子，一臉面不改色，這個人做錯事還不會臉紅！

掌門人：「「清池劍法」是我從峨眉劍法延伸所創的劍法，劍法中的招式之間變化太大，沒透徹峨眉劍意者練此劍法，不但練不好還會傷了自己筋骨。

「無惑劍法」最主要是練心；劍氣在沒有正確根基練下去，會讓人領悟不到存陽的劍氣，嚴重的話思緒攻心，對劍意會產生疑惑，容易走火入魔。

「點鶴劍法」故明思意，以松鶴飛翔湖面點水之形意所

創，意心重於意形，氣重於式，不先練好劍氣與劍心，便體會不到招式的威力，不過是練武不練功而已，用在過招上很容易吃虧。

偷走這三套劍譜的人很聰明，這三套劍譜都是上乘的劍法，可是練不好就容易傷了你自己，我除了不希望這三套件譜外流，更不希望你們任何人發生自己受傷的事。

家有家規，堂有堂規，交出劍譜，離開鉊劍堂，我不以堂規處分。」

大殿內一片寂靜，依然無人出聲。

司京看掌門人對自己這麼好，又對自己的徒弟這麼關心，正義的熱血沸騰，指向右腳外開的弟子道：「是他！」

司尚兩眼大睜，差點暈倒，在一旁對司京小聲地罵了出來：「你幹嘛管閑事！這是人家的家事，我們趕緊回去和爹娘團聚就好了，你要幹什麼？」

大師兄：「小兄弟，你說盜劍譜的人是赤連度師弟？你有證據嗎？」

司尚臉色依舊難看，再次咬牙切齒壓低嗓門道：「別節外生枝，別管閑事啊！」

司京這下不知道該不該再說下去。

大師兄再道：「小兄弟，你有證據嗎？」

司京又沒說話。

司尚：「他胡說八道的，他什麼都不知道。」

司京不服氣，破口道：「我看到他晚上和另外三個人偷搬書。」

大師兄：「你怎麼看到的？」

司京：「晚上我睡不著，從柴房往外看，看到他抱著書跑過練劍的大院。」

司尚咬著牙，狠狠得小聲道：「別再說了！」

司京看向司尚，「都快說完了！」

掌門人：「司京，晚上這麼暗，你看得清他的臉嗎？」

司京：「我見他跑的時候右腿外開，分明是以前練壓筋練壞的，剛才進來見到他在比劍，跑起來也是右腿外開。」

赤連度再也按耐不住，破口大罵：「胡說八道！」拔劍朝司京刺去。

司京本能反應拔出自己的劍擋掉他這一招，立刻迴身反攻，和赤連度在大殿裏比劃了起來。

掌門人見司京竟然接得住赤連度突發的劍招，示意大師兄先別出手制止。

赤連度一直攻不下司京，越打越火，越打越狠，兩人僵持到第十二招，赤連度踢中司京一腳，停了下來大叫：「你怎麼會鋤劍堂的劍法？」

赤連度雙眼煞氣，見一直攻不下司京，再見司尚手中無劍，便把怨氣發到司尚身上，想把他給殺了。

掌門人抽出大師兄手中的劍，朝赤連度射去，赤連度為

避掉這一劍，後退兩步沒刺中司尚。

赤連度還不死心，再向前朝司尚刺去，司尚慌忙地撿起剛才掌門人射來的劍，不得已地和赤連度打起來。

司尚常年醉心於二胡，雖是許久沒有習武練劍，每天被鎖在柴房中，唯一能做的只有和司京向外偷看劍法，加上本來就有一些功夫底子，窗外的弟子們練什麼，他們就學什麼。三個月下來，整天只以偷看來的劍法相互比試研討來打發時間，當下腦子裏只有銼劍堂的劍法，再也純熟不過，每一招、每一式的程度和進度和銼劍堂弟子們不相上下，搞得赤連度連司尚也攻不下來。

哥哥被打，弟弟哪有不幫的道理，司京跳進來幫大哥對付赤連度，三個人在大殿中越打越快，越打越驚險。

掌門人見赤連度招招都要他們兩兄弟的命，早晚會傷了他們兩兄弟，終於示意大師兄出手制止。

大師兄以輕功跳入大殿中央，以空手用了三招便將他們三人的劍奪下；這三招都在眨眼之間，殿堂中所有師弟們皆睜大了眼。

赤連度一下不爽，可又知道自己打不過大師兄，不甘心道：「大師兄，你這是在幫外人………」

大師兄：「有話好說，何必有失斯文。」

赤連度：「咋們銼劍堂的事，什麼時候輪到他們胡說八道！」

大師兄：「有師父在，由他老人家定奪。」

赤連度無話可說，只能狠狠瞪著司京和司尚。

大師兄將適才奪下的三把劍，一把交還給司京，一把還給赤連度，再將自己的劍收鞘走回師父身邊。

師父：「赤連度，我有叫你出手嗎？把劍收好。」

司京見赤連度收劍入鞘，自己也把劍收入鞘。

師父：「司尚、司京，你們過來。」

司尚和司京走到掌門人面前，掌門人慢慢道：「你們剛才使的劍法是哪裏學的。」

司尚怕弟弟又開口惹事，搶道：「我們這三個月被鎖在柴房中，連一本書也沒有，除了互相說話還是說話，悶得極苦，偶爾看一下窗外的世界，看見弟子們在練劍，剛才為了防身才把見過的一招半式照樣耍了一下，不然的話，我們回家的路上早就把看過的劍法都忘得一乾二淨了，決不是有心偷學。」

赤連度馬上接道：「你們就是偷看劍法犯了銼劍堂的規矩才被囚禁，現在又屢屢再犯，根本沒把銼劍堂看在眼裏，應以銼劍堂律例挖掉雙眼！」

大師兄重重說道：「連度師弟，師父當下就在你面前，什麼時候輪到你說話，你是在教師父做事嗎？你有沒有把師父放在眼裏？」瞪著赤連度，「退到一邊去！」

赤連度這時才壓住心中火氣，低頭退到一旁，內心卻燒

著怒火。

掌門人：「赤連度，不要沒規矩，在外人面前丟臉。」
再道，「司京、司尚，我明白你們被鎖在柴房中沒事幹的難
受，可是銼劍堂有銼劍堂的規矩，我一開始不知道你們偷學
了劍法，現在知道了，這麼嚴重的事，我不得不處理。」

司京和司尚又開始緊張起來，臉色愈來愈難看。

掌門人看他們倆嚇成這樣子，知道他們已經明白事情嚴
重，「我不希望世人把銼劍堂看成是心狠手辣的地方，有失
我名門正派的堂風。念在你們年幼不懂事，加上是銼劍堂自
己把你們鎖在看得到大院練劍的地方。現在你們已經懂了銼
劍堂的劍法，除非你們是銼劍堂弟子，否則就得依堂規挖去
雙眼才能讓你們離開，你們自己選。」

所有人見師父竟對他們兄弟二人這般大大開恩，完全想
不到。

司京立刻道：「我們願意入門銼劍堂！」

赤連度氣得臉爆青筋。

掌門人對大師兄道：「入門儀式明早開堂，把堂規讓他
們今天全部背好。」

大師兄：「是，師父。」

掌門人轉向司京，「你現在把看到盜劍譜的情況詳細說
給我聽。」

司京腦子就是單純，見掌門人不挖雙眼，沒了後顧之

憂，把晚上看到四個人在大院裏抱著書來回跑的情形都說出來，同時給自己招惹了日後收拾不了的麻煩。

掌門人聽了之後道：「右腳外彎的人太多了，你既然沒看到臉，不足以證明盜劍譜的人就是赤連度，這件事我會查清楚。」，對大師兄道：「叫大家回去練劍，讓秋然給他們安排床位，然後到書房見我。」

大師兄進到書房見師父。

師父看著桌上這三個月來他不在銼劍堂時堆積的信件，一封一封打開看，同時道：「赤連度一進銼劍堂沒多久，我就後悔收了他。我一直希望銼劍堂單純的練劍環境與平日嚴謹的作息，讓弟子們不單是學劍，也能夠修心。可是幾個劣質的弟子並沒有改變，由於擔心將來他們在外面壞了銼劍堂的名聲，所以我教他們教得少。他們進來了想學，我又不放心多教，導致他們做出不義之事，要是劍譜當真因此被盜，我這個為師的畢竟有責任。」

大師兄：「師父，這等人畢竟是少數。吳雕、南越、應永黎他們三個入門後，就改變了很多，心也靜了不少，受益的人還是占多數的。」

師父淡淡嘆了口氣，點頭。

「劍譜被盜一事由你來查，多留意赤連度，司京說那晚他看到的一共有四個人，注意赤連度平時跟哪幾個師兄弟走

得近。」

「是，師父。」

「過些日子，我一年一度上峨嵋上閉關的時候就要到了，平時多留意師弟們之間的情況，別出了事，有些師弟入門之前在江湖上的背景就很復雜，看好司尚與司京，司尚為人謹慎，司京血氣單純。」

「師父，他們兄弟二人無須經過論劍壇艱苦的選拔，就能成為銼劍堂的弟子，這讓多少弟子心生不平，我怕他們二人會被排擠，在銼劍堂的日子可能不好過。」

「這我也想到了，有些人進銼劍堂先吃苦，有些人後吃苦，吃得苦也都不一樣，一切都是公平的。」再道，「你有沒有注意到這對兄弟的大哥，他功夫底子不深，卻能接得住赤連度十三招，是個奇才！」

「師父，您收他們為徒是早有此意？」

「嗯！」師父點頭，「司京本性正直，可不懂世道，在所有人面前指出赤連度挾盜劍譜，接下來的環境正好磨練他為人處世，有些人的資質就是要走困難的路。司尚年紀雖已不小，可是他悟性奇高，現在才開始練劍是晚，但只要他願意苦練，將來必能成為一名不凡的劍客。最重要的是他們二人本性善良。我希望日後再挑選弟子是先看人再看才，過往我太重才，帶了幾個像赤連度的人入門，讓我太頭疼了。」

過了片響，大師兄道：「您不在的時候，秋然師弟的娘

子帶了孩子來看他，有幾晚上我讓他到外面的客棧與家人過夜，清早了再回來。」

「沈秋然在銼劍堂幾年了？」

「有九年了。」

師父看著窗外的柳葉，過了片刻，竟心酸道：「當初他入銼劍堂時才成親一年，每年他的妻子都帶兩個孩子來看他，我問過他幾次要不要回福建和家人團聚，我可以讓他走，他不願意。我再問他學劍比家人重要嗎？不思念妻子與孩子嗎？他說會思念，可是放不下「劍」。我說那不如把家人接來住在附近，不必長久分離，他說妻子必須要照顧爹娘和幫他守住祖上留下來的田地。唉！他如果想到銼劍堂就不該成親。」

「成親或許是父母之意吧？」

「他在銼劍堂盡心盡力九年了！」師父慢慢道，「可是他的迴天劍練到第十八式之後總是練不好，「劍」這東西努力到最後還是看慧根！」

「聽說段子倫師弟在外面有女人，這女人曾經帶私生子來找過他。師父，這要怎麼辦？」

「這個段子倫到了銼劍堂也不用心，只想沾銼劍堂的名氣將來在外揚名。日後那女子要是再來就把段子倫趕走，免得讓外人認為銼劍堂出的盡是劣質，敗壞門風！」

「是，師父。」

秋然師兄帶司尚和司京到臥房。

司尚一看，「哇！這麼大的臥房。」四十幾張床鋪都在一間大房裏。

司京道：「好乾淨啊！」

秋然師兄把他們帶到兩張床鋪前，「你們就睡這兩張床，需要什麼隨時告訴我，我叫沈秋然。先把你們的東西放下，跟我去拿白袍和毛巾，我帶你們四處看一下。」

三人邊走邊聊，司尚：「秋然師兄，你來銼劍堂多久了？」

秋然師兄：「九年了。」

司京：「這麼久了！平時能回家嗎？」

秋然師兄：「除非家中有事，否則只有過年和清明才能回去。」

司京：「那……不學了，可不可以回家？」

秋然師兄：「師父批準就可以。你們不要急，趕緊寫封信回家報平安，你們的家人知道你們入了銼劍堂一定很高興。先好好待一年，等一年後再去請師父批準你們回家。平時你們家人是可以來這裏探訪的，可是不能進銼劍堂，他們可以在附近的客棧住上，等晚上你們再到客棧跟他們會面。每七年一次在論劍壇有幾百個人想進銼劍堂！不管你們想待多久，希望你們珍惜在銼劍堂的時間。」

兩兄弟一邊走一邊點頭。

走到了一間空蕩的大房，司尚擡頭看著門上的一塊匾
『思空殿』，「這是什麼地方，裏面怎麼空的？」

秋然師兄：「這裏是思空殿，練禪打坐之處，旁邊的
小房中有坐墊，可以拿出來用，師父希望大家睡前可以到這
裏打坐，但非一定得來。打坐可以讓心靜，心靜則五臟六腑
順，睡得安穩，體力也恢復得快。」

司京道：「我不會打坐。」

秋然師兄：「我可以教你，別擔心。」

走到了『膳堂』。

秋然師兄：「這裏是吃飯的地方，在這裏要盡量輕聲，
不能跑，不能說話。吃飯、喝湯都不能出聲，連用碗筷碰撞
的聲音也盡量不能有。」

司京：「吃飯不能說話呀？」

秋然師兄：「對，要說話等吃完飯出了膳堂再說。」

到了『書居』。

秋然師兄：「這裏有書可以看，但不能把書帶出書居，
這裏有二十多張桌子，寫字看書時可以用，在這裏不能跑，
可以說話，但要輕聲細語。」

走到『松流閣』。

秋然師兄：「這裏可以下棋、縫衣服、補鞋………等等。說話要輕聲；總之，只要在屋內都要小聲。」

再來到『欲心觀』。

秋然師兄：「有十一位師兄每天都在此練劍，他們由師父親自教。」

司京：「秋然師兄，那你在大院練還是在這裏練？」

秋然師兄：「我在這裏練。」

司尚：「那要在大院練多久才能到這裏練？」

秋然師兄：「不看你入門的時間，只看你進步的程度。我在大院練了七年才到這裏，有人在大院三年就進來了。當然，也有人在大院十幾年了還進不來。」拍拍司尚的肩膀，「用心點！不要小看自己。」

走出欲心觀，秋然師兄指向另一方，「最裏面那間是師父的房間，沒幾個人靠近過，更別說進去。有什麼事盡量不要去麻煩師父，找我或大師兄，如果師父需要知道的話，交由我或大師兄稟報。」說完拿出兩本折子，「這是銼劍堂的堂規，把它背好，明天入門儀式時要背給師父聽，要牢記堂規才可以成為銼劍堂的弟子。師父會送你們一人一把劍。銼

劍堂的弟子來自各方各地，人非常復雜，但是堂規嚴謹，所以不會有什麼大問題，你們把心放在練劍上，一年很快就會過去的。」

司尚：「有人被趕走過嗎？」

秋然師兄：「目前沒有，希望將來也沒有。明日你們正式成為銼劍堂弟子後，我會給你們工作做，你們現在回臥房把床鋪好，把堂規背好，一會兒跟大夥到膳房用飯。對了！你們入門最晚，見到人都要叫師兄，記住了！」

「是，師兄。」兩人同聲道。

過了幾天，用了晚膳後，兩兄弟在大院裏。

「大哥，我怎麼覺得這裏的人不太理我們。」

「你還看不出來來嗎？他們每個人都是辛辛苦苦在論劍壇好不容易爭取進來的，而且他們為了上論劍壇不知道都先苦練了多少年，我們是因為『偷看』了三個月就進來的，他們心裏會好受嗎？」

司京沒話說，過了好一會才道：「看來我們在這裏是交不到朋友了。」

「你別再給我惹事就好了，交什麼朋友？安安份份待完一年，再去求師父放我們回家吧！我都多久沒碰二胡了，兩只手都不靈光了！」

「要練二胡還不簡單，請秋然師兄想辦法找一把來不就好了。」

「這…行嗎？」

「不問怎麼知道不行？」

司尚想了一下道：「對啊！我怎麼都沒想到呢？在銼劍堂只有大師兄和秋然師兄最照顧我們，只是問一問，又不犯堂規。」

一個月後，秋然師兄外出補貨的時候買了一把二胡回來，雖然是一把品質差的便宜二胡，但是讓司尚開心了好幾個月；每天晚上在大院拉上一個時辰才進臥房。

暗夜。

師父在書房裏想著事情，心思緩緩被司尚的二胡聲勾離，走出書房，隨二胡聲來到大院，見司尚在月下將二胡拉出淒美的音色，他在一旁聽了許久，二胡聲的旋律引他想起往事，不禁流下眼淚，靜靜地轉身走回書房。

隔日。

正當膳堂晚膳時，大師兄來到司尚耳邊輕聲道：「一會吃完飯在外面等我。」

司尚在膳堂不敢出聲，只是點頭。

大師兄在膳房外，見司尚走過來即道：「一會有事嗎？」

　　「沒事。」

　　「師父想聽你拉二胡，能否請你到書房為他拉奏一曲？」

　　「啊？」司尚想不到，「能！能！」見大師兄這麼客氣，一時錯愕。

　　「那請你去拿二胡，我在大院等你。」

　　「好。」

　　二人一起走到師父書房外敲門，進了書房。

　　師父：「請坐。」

　　司尚和大師兄都坐下，司尚有點緊張。

　　師父：「你拉二胡多久了？」

　　司尚：「十二年。」

　　師父：「想不到我們銼劍堂裏有個樂師！」親切地笑起來，「拉一曲給我和大師兄聽好嗎？」

　　司尚：「不敢！師父您要聽什麼曲子？」

　　師父：「音樂我不太懂，你挑。」

　　司尚：「那……師父您喜歡南調還是北調？」

　　師父不知怎麼回答。

　　大師兄道：「這我們完全不懂。師父，不然請師弟拉一

曲優美的。」

「好！」師父微笑，「就奏一曲優美的。」

司尚拿出二胡，上松香、調音，「那我就為師父演奏一首南調的『漁春晚渡』。」

司尚聚精會神使出過去十二年累積的所有拉奏功力，高深的造詣，顫音、跳弓、柔弓，讓兩手中的二胡唱出優美的旋律，將師父和大師兄帶進春月下晚舟之中，在河流上輕輕擺渡，如晚風迎面。

演奏完了之後，師父和大師兄依然沈浸於音樂的氣氛之中，情緒久久無法回復。

司尚以為自己演奏的不好，放下二胡不敢出聲。

過了片響，師父開口：「太好了！太好了！」

大師兄：「我從沒經歷過這種感覺，你把我帶進另一個世界。」

司尚這下才鬆了一口氣。

師父：「可以再奏一曲嗎？」

司尚：「可以，請問師父要聽哪一種曲子？」

大師兄：「師父，接下來聽一首雄壯的可好？」

師父：「好。」

司尚臉色不太好看。

大師兄：「師弟，可有何不妥？」

司尚：「這把二胡的品質太差，拉不出雄壯的魄力。」

大師兄與師父相互看了一下，「那這把二胡還能拉出哪一種音樂？」大師兄道。

司尚：「好的二胡是以蛇皮封蓋琴身，這把二胡是以厚紙代替了蛇皮，無法共鳴出渾厚的音色，只有單薄的聲音，只適合柔和與淒美的曲子。」

大師兄：「那就為我們演奏一曲淒美的好嗎？」

司尚：「好，那我就再來一首北調的孟姜女。」

司尚特意以內彎的功法，強調二胡殘破的音色，哭出孟姜女思君待歸的悲痛，那種牽腸掛肚的旋律，再次滲透師父內心，帶出酸痛；三十六年前自己為了爭霸武林一席之位，離開了心中所愛之人，三年後再回去找她，她家人已將她嫁為人婦，一切景象人是事全非，自己三年中不曾給過她一封信，不能怪她。在她嫁人前對自己的思念與等待，到底有多痛呢！

司尚今夜的拉奏，讓師父嚐盡心上人當初的牽掛、苦守，直到心碎。難以回首的滿滿自責，胸前的絞痛，幾乎落淚。

二胡演奏終於結束，師父才得以從愧疚的情境中解脫，獨自暗暗輕嘆，「司尚，你二胡拉得這麼好，非比一般平民造詣，怎麼會想到銼劍堂來求師呢？」

司尚當下面色難堪地道：「我是陪同司京來的⋯⋯」把來銼劍堂原由都告訴了師父。

師父聽了以後才明白，原來司尚是個悟性極高的人，做什麼學什麼，悟性皆比一般人快，且自身本性善良。

師父對大師兄道：「明日帶司尚到城裏，讓他挑一把好二胡，不要擔心價錢，我想好好聽他拉一首雄壯的曲子。」

「是，師父。」大師兄道。

新的二胡買回來，比自己在河南家中那把還名貴。

師父常在晚膳後找司尚到他書房中拉奏一曲，有時候師徒二人會聊上一整晚，師父還私下教他四書五經、唐詩宋詞，司尚記得多、學得快，師父越來越喜歡司尚，幾乎把他當兒子看待，為了讓司尚除了練劍還有時間練習二胡，特別吩咐秋然師兄不必給司尚打掃的工作。

師父對司尚的疼愛，在大部份師兄眼中延伸出嫉恨，對他們兩兄弟的將來埋下了禍根。

大師兄看出不少人對司京和司尚冷眼相待，體會到兩兄弟在銼劍堂的難處。所有人在清晨來到大院要開始練劍時，他對大家說道：「不管別人怎麼樣，和你們在銼劍堂學劍，將來在外面闖出自己一片天有關係嗎？練好自己的功夫，做個有涵養的劍客，你們學得不單是劍術，也是學修心，才能把劍練好，將來出去了才不會丟銼劍堂的臉！」

可是司家兄弟天天在大夥眼前受特別照顧，大家對大師

兄的話還聽得進去嗎？

　　夜。

　　在師父房前的小院裡，師父和大師兄二人坐於石桌旁
沏茶。

　　師父：「再過兩天，我就要上峨眉山閉關三個月，被盜
的劍譜有眉目嗎？」

　　大師兄：「還沒有，我看盜劍譜的人因為風聲緊，沒
有任何動作。我私下囑咐了肖玉笙和林曉衫在師弟們之間留
意，都找不出任何線索。看來司京把赤連度當眾指認出來，
讓盜劍譜的人更加小心，現在整件事情更難查了。這事都過
好幾個月了，如果還查不出來，我想佈一個局，讓盜劍譜的
人自己浮出水面。」

　　師父：「我比較擔心的是萬一劍譜流到外面去，落入不
義之人手中，我們銼劍堂對整個中原武林是有責任的。」

　　大師兄：「師父，我會盡快查出來。」

　　「司尚的劍法練得如何？」

　　「練得很好，他悟性高，領會得比誰都快，我看不用兩
年就可以到「欲心觀」。」

　　「哦！這麼快？」

　　「是啊！他真是一個少見的奇才。」

　　師父笑了出來。

大師兄道：「就是……就怕他心不在銼劍堂。」

「怎麼說？」

「他看起來對二胡的興趣比劍術深，還常常想家，學劍似乎不能讓他滿足。」

師父點頭，「如果時候到的話，就讓他走吧！」

師父上了峨嵋山，銼劍堂再度由大師兄接管。

膳堂裏，所有人正吃著飯。

大師兄突然走進來大聲道：「藏書閣又有劍譜被盜，所有人留在原坐，不許離開。」

過了半個時辰，大師兄再回到膳堂，在大家面前道：「我知道偷劍譜的人和上次是同一個人，手法一樣，藏書閣的鎖沒壞，「玄天劍法」被換成蘭亭序，「玄天劍法」是藏書閣中最上層也是最有價值的劍譜，只有師父練過。兩次劍譜被盜都是師父不在的時候，責任都落在我身上。師父說過，他教你們多少是依照你們的進度而定，每個人的資質和進度不同，等你們練到該練的一定會教你們，你們時間未到而自己偷練的話，很容易受傷或走火入魔。我在所有人面前做出承諾，把劍譜交出來，我保證不計前嫌，不上報師父，劍譜你可以放在讓我找得到的地方，我不必知道是誰拿的。找不出劍譜的話，我也沒臉在銼劍堂待下去了，看在我平日是怎麼對大家的，也看在師兄弟的情份上，請別讓我為難。」說到這裡停了一下，「明日不練劍，休息一天，拿走劍譜的人，請你看在師兄弟一場的情份上，日落之前把劍譜交出來。」

隔日，黃昏後。

大師兄再來到膳堂，對所有人道：「有人看到劍譜嗎？有的話，請告訴我。」

膳堂內從未如此般地寂靜過，這樣過了許久。

大師兄心灰意冷，「不晚了，大家去休息吧！」，難過地走出膳堂。

大家陸續得站起來走出膳堂，互相說起對這件事的看法。

有三個師弟走向赤連度，赤連度瞪起兇狠的眼光不讓他們靠近。

到了大院，三個師弟又走近赤連度，四個人在大院幽暗的角落，四周看了又看，確定四下無人才說起話來。

「師兄，這怎麼回事啊！這單不會也算到咋們頭上吧？」

「你們看是誰幹的？」

「我看是「欲心觀」的師兄，他們才有可能練玄天劍法。」

赤連度：「練不了玄天劍法的人，把它拿出去賣也能賣個好價錢，不過……我看這件事，是真是假都還未定！」

「這到底怎麼回事？」

「你還不懂嗎？引蛇出洞。」

「沒錯！就是要看我們會有什麼異常的動作。」

「萬一是真的呢？」

「大師兄說不計前嫌，不如我們利用這個機會把三套劍譜交出去吧！這樣所有的事就跟我們無關了！」

「你瘋了！這三套劍法價值連城，好不容易才到手，江湖中有多少人肯出高價，將來離開銼劍堂以後就靠它了！」

「是啊！以後不管是要自己練還是要賣，都有天大的好處。」

秋然師兄站在遠處灰暗的樹叢後面，看著和赤連度一起走回臥房的是哪幾個人，心中暗道：一共四個，這案情有進展了！

夜深，四更。

赤連度和三個師弟下床，走出臥房。

林曉衫察覺，小心推醒他隔壁床鋪上的肖玉笙，肖玉笙睡意正濃，醒了還掙扎著下不了床。

林曉衫在肖玉笙耳邊小聲道：「快起來呀！有四個人一起出了臥房。」說完，林曉衫等不及肖玉笙，自己悄悄跟在四個人後面也出了臥房。

沈秋然也下了床，無聲地來到大師兄床邊，小心翼翼地把大師兄搖醒。

林曉衫跟著赤連度等四人，到了大院西面的樹林，見他們在一棵樹下不停地挖，還有人道：「真麻煩！明天真的會下雨嗎？」

「不會錯的，我爹是打漁的，他說前一天晚上不見北星的話，第二天一定會下雨，他幹的活每天跟氣候打交道，沒一次不準的。」

「連度師兄，要下雨了，這幾十本劍譜要藏哪好？」

赤連度沒有說話，臉色越來越難看，忽然轉身把手中一塊石頭向後彈出，接著以輕功跳向石頭彈去的方向，踢出螳螂腿，速度之快，誰都想不到。

林曉衫避開石頭，卻不及避開螳螂腿，只能用雙手去擋，赤連度腿勁之大，力度貫穿林曉衫雙手直中他的胸口。

林曉衫馬上吐出一口鮮血，摔倒在地。

另外三個師弟跑過來一看，驚訝道：「是曉衫師弟！」

「連度師兄，這怎麼辦？」

赤連度：「殺了他。」

三個師弟又嚇了一跳！

「連度師兄，不要把事情搞大啊！」其中一個師弟道。

赤連度上前，再以螳螂拳直攻林曉衫，其中一個師弟也跟上，兩人非要致林曉衫於死地。

另外兩個師弟傻住了，待在原地不知道該怎麼辦！

赤連度對林曉衫不斷打出螳螂拳狠招，不斷地朝林曉衫

鎖喉，另一個師弟則不停地攻他下盤。

林曉衫的喉嚨很快得被赤連度鎖住，腳被另一個師弟踢斷。

赤連度再踢出螳螂腿，把林曉衫的胸骨踢出連續骨折的聲音。

「連度師兄，不要把事情搞大啊！」後面的師弟又喊出來。

赤連度頭都沒回：「快點把劍譜挖出來！」

兩個師弟慌張得跑回樹下，用顫抖的手拼命挖。

所有的劍譜終於被挖出來，幾十冊的劍譜分別用三塊大布裹著。

這時赤連度對身旁的師弟道：「別再浪費時間，殺了他！」說完走向身後另外兩個師弟。

兩個師弟把挖出來的劍譜抱在手上，見赤連度走過來，其中一個師弟臉色難看得說道：「連度師兄，曉衫師弟跟我們無冤無仇，別弄出人命啊！」

赤連度突然在他面前跳起來轉身踢出迴螳腿，踢斷他的頸椎，當場斷氣。

「有完沒完了！什麼事都辦不成。」赤連度大罵。

另一個師弟在旁邊嚇得手中劍譜都掉到了地上。

大師兄、沈秋然、肖玉笙走出臥房，急著到處找，一直

都看不到人影，終於聽到大院西面有聲音傳出，馬上跑過去。

「住手！」大師兄在遠處喊到。

所有人站在原地沒動。

兩個師弟看著赤連度，赤連度對他們淡淡得冷笑了一下，主動向大師兄走去。

大師兄大聲道：「怎麼回事？」

赤連度指著被他踢死的師弟道：「我們睡到一半，看見呂師弟鬼鬼祟祟走出臥房，於是我們三個跟在他後面，躲在暗地裏見到他在大樹下挖出劍譜，沒多久曉衫師弟也來到這裏被他發現，他們兩個打起來，他把曉衫師弟打成重傷，於是我們三個出來制止。」

大師兄看了眼下的場景，心中大罵：胡說八道！接著道：「你怎麼知道他挖的是劍譜？」

赤連度：「我們打開來看過。」

大師兄：「天色這麼暗，你們看得到是劍譜嗎？」

赤連度：「剛才月光很亮呀！」

大師兄：「是嗎？」

赤連度：「是啊！剛才月光特別得亮。」

秋然師兄走到林曉衫身邊，見他倒在地上滿身是傷，滿臉的血，疑惑地道出：「出手這麼重！」

大師兄立刻走過來蹲下摸林曉衫的頸脈，只剩半口氣了！即刻道：「秋然師弟，我要幫曉衫師弟運氣，你幫我護

法。玉笙師弟，快去藥房拿兩粒救命丹過來。」說了將林曉衫從地上扶坐起來。

肖玉笙趕緊朝藥房跑去，沈秋然走到大師兄身旁站著。

大師兄席地於曉衫師弟身後，雙掌貼著他背部運氣，先撐住林曉衫最後半口氣，再將自己的真氣運送到曉衫體內，撐住他的心跳。

沈秋然見曉衫師弟氣息漸漸明顯，可見大師兄和曉衫師弟二人的氣脈已經相通，再看赤連度和另外兩個師弟都一直站在原地，沈秋然慢慢地來到大師兄身後，蹲下馬步，兩手開始顫動。

赤連度心想，秋然師兄是想過氣給大師兄，加強曉衫師弟的氣脈。

沈秋然運出全身的內力，集於雙掌，雙掌抖動得更是厲害。

赤連度緊皺眉頭，怎麼看不太明白，秋然師兄這是……

沈秋然突然大吼，使出全身內功，雙掌打在大師兄背上，大師兄立刻口噴鮮血，全吐在曉衫師弟身上，接著向前倒下。

赤連度和兩個師弟都看呆了！

沈秋然還是蹲著馬步，緩緩吐了一口長氣，雙掌收於丹田，慢慢收功。

赤連度懂內功，他能夠看出沈秋然剛才所擊出的雙掌，

是聚集多年內功修煉的一擊，力道足矣打斷一棵大樹；亦知道大師兄在運氣的時候絕不能受干擾，否則走火入魔傷及五臟，重則喪命。

沈秋然看著趴在地上的大師兄，伸手按了一下他的手腕，已經沒有脈搏，滿意得笑了一下，再去摸曉衫師弟的手脈，想不到大師兄的內功還不錯。於是把曉衫師弟抓起來，對赤連度道：「解決他！」，將曉衫師弟推向赤連度。

赤連度跳起來，又是一個迴螳腿，再度踢中曉衫師弟的脖子，頓時頸椎響出清澈的斷裂聲，曉衫師弟瞬間斷氣全身癱散在地上。

赤連度落地，維持著螳螂拳的架勢，深怕沈秋然會趁機過來殺他滅口將一切嫁禍於自己。

沈秋然盯著赤連度，慢慢得笑出來，「我還要你們幫我做事，銼劍堂我一個人還管不過來。」

赤連度也慢慢地笑出來，慢慢地收起架勢，「怎麼不早告訴我，我們可以互相合作嘛！」

沈秋然：「不先幹掉大師兄，什麼都別想。我等這個機會，已經等了九年！」

這時肖玉笙從藥房拿了救命丹跑過來，驚叫出：「大師兄！」，再看前方也倒下的林曉衫，「這是怎麼了？」即刻跑到林曉衫身邊蹲下，一直搖著林曉衫。

秋然師兄：「大師兄一直有內傷，為了救曉衫師弟，幫

他運氣，非但救不了曉衫師弟，反而走火入魔吐血而死。」

肖玉笙聽了再跑到大師兄身邊心痛地哭了出來，口中一直喊著大師兄。

秋然師兄：「唉！我想救他，可是事發突然，來不及了！」

肖玉笙擦著眼淚站起來，看著曉衫師兄的身子怎麼從原來的位置移到赤連度那邊去？還是面朝下？又跑到曉衫師兄身旁，將他翻過來，抱著和他在銼劍堂裏最好的師兄痛哭。

赤連度面無表情道：「死啦！沒救了。」

清早。

沈秋然對所有人宣布：「林曉衫師弟發現了盜劍譜的呂師弟，並和他在樹林中打了起來，等我們陸續趕到，見到曉衫師弟已經被呂師弟殺害，大師兄為了救曉衫師弟，在幫曉衫師弟運氣的時候走火入魔，深受內傷，等我們向前出手相救時，大師兄已經回天乏術，過沒多久呂師弟也斷氣。大家為死去的大師兄和師弟們吊哀，今日停一天不練劍，」

很多人為大師兄哭了一整天。

銼劍堂本來就很安靜，今天更靜。

午後，天轉陰，漸漸開始下雨，接著下了很長的一場

大雨。

　　肖玉笙一個人坐在屋簷下，看著雨水狂打在地，流著眼淚，回想昨晚發生的事，自己當時在藥房找到救命丹跑回去，看到大師兄和曉衫師兄倒在地上，心中慌亂，覺得不對勁卻沒好好去想，現在比較冷靜了，回想昨晚當時的情景，愈想愈不對。

　　從來沒聽說過大師兄有內傷；曉衫師兄已經重傷寸步難行，怎麼會倒到原來十步之外連度師兄身前？還面朝下。可是秋然師兄一直都在，連度師兄和錢師兄、古師兄不可能在他面前亂來啊！

　　肖玉笙不停地想，一直到日頭近落，他站起來，決定去找司京和司尚，平時大師兄對他們兩人最為照顧，他們應該會在乎。

　　「司尚師弟、司京師弟，可否與你們借一步說話？」肖玉笙道。

　　司尚、司京已經哭腫了眼，跟著肖玉笙到沒人的地方，肖玉笙把自己昨晚看到的情況告訴了他們。

　　司京心中憤憤不平，「難道大師兄是死於非命？」

　　司尚馬上道：「大師兄人既然已經走了，就讓他安安靜靜得去吧！當時秋然師兄也在，不會有什麼不對的。」

　　司京對世司尚叫起來：「不要忘了大師兄平時怎麼對我

們的！如果大師兄有冤情的話，我們可以不理嗎？」

司尚：「弟，人都走了，我們還能怎麼樣呢？你不要再去惹事，我們還得回家去孝敬爹娘呀！」

司京越聽越火大，「爹娘要孝敬，大師兄的恩情也不能忘，我一定要把事情搞清楚！」說完憤恨得要跑開去查明真相。

司尚去拉司京，怎麼都拉不住。

肖玉笙看司京一個人走掉，急道：「這怎麼辦啊？」

司尚立刻道：「快跟著他，別讓他衝動做出傻事！」

兩人追上去找司京，可是天色近暗，司京已跑入黑暗之中見不到人，於是分頭去找。

這時司京跑進雨中，用盡全身的力氣去跑，真想跑到沒人的地方去吶喊。平時大師兄對自己和大哥有情有義，大哥怎麼可以說出這種話！我怎麼會有這種大哥？

司尚急得到處找司京，腳步急得無法停下來，他現在最擔心的就是司京會跑去找赤連度質問，他們二人早已結怨，如果司京衝動和狡猾的赤連度打起來，這下沒有師父和大師兄在，哪會是他的對手！

對！先去找赤連度，絕對要擋在司京之前，不能讓他和赤連度衝突起來。

到處問有沒有人見到司京或是赤連度，最後有人說看到赤連度和秋然師兄朝藏書閣走去。

藏書閣內，赤連度對沈秋然道：「師父回來之前，銼劍堂上上下下都聽你的，連藏書閣和帳房的鑰匙都在你手上，你現在是大師兄了，一人之下萬人之上，可喜可賀啊！」露出陰森的微笑。

秋然師兄：「遺失的三部劍譜找回來了，今後你要看藏書閣中的任何書，跟我說一聲就行了。」

「多謝秋……，不，多謝大師兄！」

「我幫你得到你要的，你能幫我什麼？」

赤連度一副不理解的樣子，「大師兄，我們現在都同坐一條船了，你要我做什麼盡管開口，何必你幫我我幫你的，將來銼劍堂你做大，我做小，我們合作無間。大家都是聰明人，你要做掌門人，我要絕世劍法，等我學會了「玄天劍法」，銼劍堂我就不待了，將來銼劍堂你一個人玩，我可不想一輩子關在銼劍堂，我向往的是外面的大世界，單單學劍的銼劍堂，我沒那個興趣。」

秋然師兄嘴角斜笑了一下，掏出一張名單給赤連度。

赤連度接過手一看，「大師兄，這是什麼意思？」

「名單上的人是將來會阻礙我成為掌門人的禍患，師父回來前把他們撞走。」

「大師兄，我這麼一搞，銼劍堂可是會亂上一陣子！」

「這是很正常的事，把這些人趕走以後就不亂了，不然將來更亂。」

赤連度一一看著名單上的名字，其中有他最恨的司京，「這個司京，竟敢當眾指出我是盜劍譜的人，我要殺了他。」

「殺了他做什麼？讓他生不如死不更有趣！」

「生不如死？」

「到時候看好戲，你學著點吧！」

忽然，古師弟在藏經閣外大聲道：「尚師弟，來找誰呀？」

司尚站在藏經閣窗外，嚇了一跳！

秋然師兄和赤連度迅速跑出藏經閣大門，看見司尚就站在窗外，古師弟在他身後。

秋然師兄：「尚師弟，怎麼不進來呢？來多久了？」

司尚笑得很勉強：「才剛到呢！正要進去。」

古師弟帶著兇狠的眼神慢慢道：「剛到？」

赤連度：「今天雨聲大，都聽不到外面的腳步聲。」

秋然師兄依然笑著，「尚師弟，你臉色怎麼這麼難看？」

司尚：「有⋯有嗎？」

秋然師兄：「是啊！紅的像棗子一樣。」

赤連度：「看來他都聽到了。」

司尚馬上道：「沒有，我什麼都沒聽到！」

秋然師兄：「沒聽到什麼？」

司尚的臉更紅，「就是…什麼都沒聽到！」

秋然師兄走向前，「你到底來這裏做什麼？」

司尚：「我心情不好…到處走走……」

司尚一句話沒說完，秋然師兄一個迴身踢中司尚的頭，突如其來的力道之大，司尚整個人被踢出藏書閣二樓的扶欄，掉到一樓的草地上。

「幹掉他！」秋然師兄道。

赤連度楞了一下，「現在？很多人都看得到啊！」

秋然師兄睜大眼瞪向赤連度，「我說看到他偷劍譜不就行了！」

赤連度跳出扶欄落到草地上，古師弟見了，也跟著跳下。

不少弟子們圍到藏書閣對面的屋檐下，隔著大雨看著，「那三個打在一塊的是誰啊？」

「雨下得這麼大！像是……連度師兄和古師弟………還有一個好像……是司尚師弟啊！」

秋然師兄悠哉得走下藏書閣樓梯，站在一樓屋檐下，兩手握在身後輕鬆得看著，讓他們不斷得打。

司京跑了銼劍堂整個大院一圈回來，全身濕淋淋地走到師兄們一旁，「怎麼回事啊！看什麼這麼熱鬧？」

「連度師兄和古師弟在打你哥呀！」

「什麼？」司京馬上再度衝進雨中，跑向藏書閣幫司尚對付赤連度和古師兄。

雨中每個人都是赤手空拳，司尚過去在老家武館少林拳底子練得很好，秋然師兄看赤連度和古師弟兩人聯手和他打得不相上下，現在司京又跑來幫司尚，這樣下去沒完沒了，弄不死司尚，萬一他把聽到的都傳出去，我的大業豈不功虧一簣！

沈秋然回身走進藏書閣一樓，把掛在牆上的一把古劍拿下來，再走出來叫道：「古師弟，過來！」

古師弟跑到秋然師兄面前，秋然師兄把劍交給古師弟，「殺了他們兩個！」

古師弟一臉猶豫，「這……大家都在看呀！」

秋然師兄火大道：「大家都看到是我把劍交給你的，怕什麼？有我在，事情由我說了算，到時候我說親眼看到他偷劍譜，而你是出於自衛不就好了！」把古師弟又推進雨中。

古師弟拿著劍和司京交手，沒三招就被司京空手將劍奪下，變成司京拿著劍砍向古師弟和赤連度。

「唉！怎麼搞成這樣？」沈秋然又氣又無奈，「這點事都辦不好！」親自跳入雨中朝司尚打起來。不能夜長夢多，沈秋然出狠招，不斷以金剛指快打司尚身上的死穴。司尚從二樓被秋然師兄踢下來後，和赤連度、古師兄已經打上了一

陣子，體力漸漸不支，不敵秋然師兄當下狠快的招法，秋然師兄打的都是他身上的穴位，司尚感到全身漸漸酸麻，眼神不清。

秋然師兄找到空門，以金剛掌左右同時轟向司尚左右兩耳，司尚先是耳鳴，接著七孔出血斃命。

秋然師兄再看司京正背對著他與赤連度和古師弟交手，於是把司尚抓在手上推向司京，大喊：「司京師弟，小心後面！」

司京聽見後面一陣風聲逼近，立刻轉身將劍向前刺去，刺穿了司尚的左胸，一見是大哥，嚇破了膽！

秋然師兄：「哎呀！我都叫你小心了，你還往後刺，怎麼看都不看呢？」

司京大喊：「哥，大哥，大哥⋯⋯⋯⋯」

赤連度露又狠又開心的臉色，一副得意不已的樣子。

司京一臉崩潰，轉向秋然師兄：「快救我大哥，快點，快救他⋯⋯⋯⋯」

秋然師兄慢慢道：「心都刺穿了，怎麼救啊？幫他辦理後事吧！」

司京張大嘴說不出話，淚水夾在雨水之中，讓人分不出臉上究竟是雨水還是淚水。

肖玉笙到處找不到司京，走到了藏書閣對面，正好看到

司京一劍刺中司尚，傻了！等回過神，衝進雨中跑到司京面前，再見司尚胸口插著劍躺臥血水之中，睜大眼看著司京，「司京師弟，你在幹什麼？」再大叫：「你這是幹什麼？」

司京張大著嘴，哭不出聲音。

赤連度走過來，「大師兄，現在怎麼辦？」

「怎麼辦？」秋然師兄道，「殺人了，報官囉！」

赤連度看司京跪在雨水中，望著自己的大哥，像個廢人一樣，笑道：「真是生不如死呀！大師兄，真有你的。」

秋然師兄冷冷道：「解決兩個了，剩下交給你了。」

肖玉笙低頭看司京如同死人跪著，司尚胸口插著劍一身死白倒在地上，身上的血流向草地隨著雨水不斷四散，秋然師兄和赤連度最後那兩句話，他聽的清清楚楚，可是不敢擡頭看，只是低著頭站著，動也不敢動，任憑雨水拍打著全身。

一個月後，銼劍堂的弟子走掉了七個。

三個多月後，師父出關回到鉵劍堂。

秋然師兄把這幾個月來在鉵劍堂發生的事稟告師父，「大師兄設了一個局找回了三部劍譜，可是連他自己犧牲了三個人。大師兄為了救曉衫師弟，受了內傷還幫他運氣，導致走火入魔吐血斃命。沒多久，我們又發現尚師弟到藏書閣偷劍譜，和他打起來，京師弟為了幫尚師弟，在混亂中錯手殺了尚師弟，官府判他秋後問斬。師兄弟之間吵架，走了七個人。唉！短短三個月的時間，實在發生太多事了！」

大師兄和司尚都是師父最疼愛的徒弟，離開了鉵劍堂僅僅三個多月，兩個人竟都慘死，這如同一把利劍貫穿他的胸口！

師父深痛地閉上雙眼，默默地接受一切，轉身走了幾步，還是滴下了眼淚。

過了許久，師父道：「你大師兄怎麼會有內傷？」

秋然師兄：「他練劍時摔傷的。」

「你先出去。」

「是，師父。」

秋然師兄出了師父房間，師父慢慢坐下，讓心中的哀痛緩緩得來，靜靜地嚐。

大師兄、司尚、林曉衫都埋在銼劍堂後山。

師父一個人帶了香、紙錢、三只雞到後山去弔祭。

到了大師兄和司尚的墳前，師父看著他們的墓碑，輕輕一道長嘆，「怎麼讓我白髮人送你們黑髮人呢！」，再度流下眼淚。

師父站著，想讓自己的悲痛平靜再為他們上香，這一站就是一個時辰。

想著大師兄從十三歲被自己帶進銼劍堂，聰明乖巧，看他長大，成為自己得力助手，是自己唯一可以商量事情的對象，教他任何劍法，一教就會，從沒惹自己生氣過。

司尚二胡拉得這麼好，知書達理，心地善良，這麼年輕就明事理，還是個劍術奇才。本想我這次回來就讓你回家與家人團聚，如果我去閉關之前先讓你回去就好了！去閉關前幾乎天天聽你拉二胡，與你暢談，這麼懂事的孩子怎麼會偷劍譜呢？

說完看向旁邊一棵大樹，跳上快有兩層樓高踢斷一根粗厚的樹幹落地。拿起樹幹破土挖開司尚的墳，接著開棺。

天已入冬，地寒，司尚的屍體還沒完全腐爛，全身紫白。撥開司尚胸口的壽衣，左胸上有劍傷，背上也有，確實是一劍穿心。再看上一會發現，司尚頭顱兩側內凹，伸手一摸，兩側的頭骨均裂，都在雙耳，看來是被兩掌拍下雙耳致

命的一擊………絕不可能被劍刺死之後再拍下雙掌多此一舉。司尚被劍刺中之前已遭毒手！

再開棺驗林曉衫，身上的傷都不足以致命，致命之處在頸椎，看起來似是被腿踢中頸椎斃命，銼劍堂裏大多懂的是劍術，誰會這種功夫？

愈想愈激動，再去挖大師兄的墳，開棺後也仔細看了他的頭顱，再脫掉壽衣，見他背上有兩個深深的掌印，是「金剛掌」，沈秋然竟對我一派胡言！！

師父抱著大師兄在懷裏痛哭出聲，縱然大師兄身上有屍臭和蛆，又如此地冰冷。緊抱著愛徒，如今已是陰陽兩隔，師父哭到全身顫抖，到太陽西落………。

肖玉笙趕緊吃了晚膳，就獨自匆匆地到沒人的地方。這些日子來都是這樣，盡量避開容易被找得到的地方，一個人獨自待著，等到天黑就寢的時候，再趕緊回臥房立刻上床，蓋上棉被立刻裝睡。

他怕！他怕撞見秋然師兄和赤連度那夥人。他怕秋然師兄會不會覺得自己也知道了一些事，自己就是下一個必須死的人。他怕秋然師兄那些人即將對他下毒手，他親眼見到和秋然師兄與連度師兄那夥有關的人一個個死去，不然就落入大牢永不見天日。只要想起秋然師兄和連度師兄還有古師

兄、錢師兄，就害怕，每天陷在恐懼之中。

　　小松子吃了晚飯後，在大門墻邊打掃落葉，正好見到肖玉笙一個人在樹林中，於是跑上前去，「玉笙師兄，我掃了好幾個大袋子的落葉，我搬不動，你可不可以幫我搬一下？」

　　肖玉笙跟著小松子繞了圍墻大半圈，來到前方好幾個裝滿落葉的大麻袋，和小松子一起上前拖著大麻袋走到一旁的空地，將所有落葉倒出來正要燒的時候，師父打開大門從外面回來，「小松子，你在這裏看好火。玉笙，你跟我來。」

　　肖玉笙跟著師父走出大門，師父走得很慢，道：「我上峨嵋山閉關之前，你大師兄跟我說過，他找你和林曉衫暗查劍譜被盜的事，可見你大師兄對你的信任。你大師兄和司尚、林曉衫出事的時候，你都在場，到底發生了什麼事？」

　　一提到大師兄和曉衫師兄，肖玉笙鼻頭一酸，眼眶馬上掉出眼淚，一時說不出話。

　　師父等他平靜下來。肖玉笙擦去淚水，慢慢地把所看到、聽到，心中一直懷疑的，全部說出來。

　　師父：「沈秋然說『解決兩個了，剩下交給你』是什麼意思？」

　　「我不知道，也不敢問，我怕。」

　　「你怕什麼？」

肖玉笙沒說話。

　　師父仰頭朝天：「我這一生也有看人看走眼的時候。」嘆了一口氣，「代價是如此的大！」

　　寂靜了片刻，師父再道：「師兄弟之間發生什麼事，怎麼走了七個人？」
　　「是連度師兄，還有古師兄和錢師兄，司尚送官後沒兩天，他們把師兄弟之間分成兩派，每天吵、每天鬥，將他們一個個氣走的。」
　　「有什麼好吵的？」
　　「都是微不足道的事吵起來的，為了床位、夥食、誰的劍法好、誰的差，搞到最後，早上一起來就吵，吵一整天，誰都受不了。」
　　師父再長嘆道：「看來離開的這七個人，就是沈秋然所指『剩下的人』了！」師父最後道：「回去吧！當什麼事都不知道，也別對任何人提起我們今天見過面。」
　　「是，師父。」
　　肖玉笙朝銼劍堂大門走回去，而師父獨自一人慢慢地走入樹林古道。

地牢內。

「司京，起來！你出獄了，快起來！」

司京躺在牢房內地上，眼睛睜開一下，連官差都懶得理，再把眼閉上。

「司京，快起來！」官差叫得更大聲，看司京動也不動，於是把牢房的門鎖打開，破口大罵：「像個死人一樣，整天躺著，連飯都懶得起來吃，出去以後還是死人一個！」。

一陣慈祥又熟悉的聲音在耳邊，「司京，起來吧！」

司京睜開了眼，慢慢抬起頭，看到師父就在眼前。

是不是看錯了？坐起來，好好再看一次。

真的是師父！

司京溫熱的眼淚在臉上流下來。

師父：「沈秋然把司尚殺了之後，再把它推倒你身後，故意讓你刺中他，你並沒有殺司尚，縣令都查清楚了，走吧！我們去跟你大哥和大師兄上柱香。」

司京忽然像個孩子似地嚎嚎大哭起來，師父抱住了司京。

司京也緊抱住師父，這幾個月內心的絞痛一下子釋放出來，不可收拾，哭聲震穿了整個大牢，師父就讓司京抱著他，讓他放聲大哭著。

所有牢犯都爬起來貼在牢房的木欄上，想看發生了什麼事！

　　司京跪在司尚墳前，師父站在他旁邊。

　　司京拿著香對著司尚的墳哽泣，「大哥，對不起！對不起！我該聽你的話，不要管閒事，哥，對不起………！」

　　師父也滴下了眼淚，把手放在司京肩上，溫和地道：「生命是苦的，司尚能走的早，是他的福氣！」

　　司京把香插到大哥的墳前，一臉的淚看向師父，「師父，現在怎麼辦？」

　　師父道：「我有安排，和你大哥、大師兄、林曉衫有關的人，我一個也不會放過。銼劍堂裏沒人知道你已經出獄，你還不能回去。向西十三里外有一間田邊的農舍，你先去住那裏，三餐會有人送飯給你，你現在身體很差，我要你把身體養好，把劍練好，時候到了我會叫你回來。記得，一定要堅強，要有耐心，時候到了，我會叫你回來把沈秋然和赤連度這些人帶到官府法辦。」

　　「師父，為什麼不殺了沈秋然？」

　　師父道：「要殺他我今天就可以殺他，這樣草菅人命和他有什麼不一樣，我們和他是同一種人嗎？我們有再高強的武功，也不要用暴力處理事情，要用智慧。會動粗的人是因

為他們無理和愚蠢。不管生命中遇到任何事，都不要失控，要堅強，用智慧去處理。我們能承受，表示我們比對方強大，學習站在高處往下看。」

司京依再止不住自己的淚水。

鉎劍堂向西十三里有一片稻田，稻田旁的一間木屋，三餐都有農戶送飯到這裏。

司京在這裏，每天都想回鉎劍堂去把沈秋然和赤連度給殺了，可是師父告訴他要堅強，不要失控。

司京每天都要面對自己的憤怒幾十次，這種拭兄之仇的憤怒，每天都要來侵蝕他，讓他幾近瘋狂！

他必須找盡各種理由說服自己不要回鉎劍堂。

師父叫我要堅強，師父待我恩重如山，要聽他的。

現在回去會壞了師父的計劃，忍住，要忍住！

不能失控，不然就和沈秋然這個畜生一樣。

要不是為了師父，我早就在半夜潛回鉎劍堂把你們殺了！

要不是⋯⋯⋯⋯

有時候司京會大哭起來，有時候會狂吼，有時候會拿著斧頭到樹林中砍柴，邊砍邊吶喊，出了一身汗，再背著木柴回到木屋內，這樣又過了一天。

有時候會想把整間木屋給劈了！

不能再等了，下次師父再來，不管如何，我一定要和他

一起回去報仇！

　　終於等到師父再來看他。

　　「師父，我受不了了，我無法再等下去了！」司京一見師父就道。

　　師父：「來，我們到外面走走。」

　　「師父，不管怎麼樣，沈秋然和赤連度，就算我⋯⋯」

　　「我跟你說個故事.」

　　司京靜下來，師徒二人走在稻田邊的小道上。

　　「很久以前，有一個孩子在峨眉山上，他的年紀就跟小松子差不多，他不知道自己的身世，自有記憶以來，就在峨眉山，峨眉山就是他的世界，峨眉山那時有兩百多人，他是年紀最小的。每天打雜、洗衣、做飯，還要常常被一些師兄作弄，唯一對他好的，只有峨眉山的掌門人。掌門人常常在他一大清早洗衣服的時候來看他，拿一點花生或是雞腿給他吃，聽他訴苦，講故事給他聽，鼓勵他，教他如何處理人情世故，怎麼應付那些欺負他的人。時間一久，就算掌門人來看他的時候沒帶任何吃的東西，只要他看到掌門人就很高興。峨眉山每年有一次比武大賽，是掌門人所設的武試，目的是要弟子們在比賽中求精進，比賽的項目有劍術、拳法、輕功三項，每年贏得比賽的人除了很威風，還一整年都會受

人敬重。

這個小孩子，恨透被人欺負的感覺，他發誓將來要年年都拿第一，不再被人作弄，不再讓人瞧不起。他每天偷看師兄們練武、練劍，晚上跑到別人找不到的空地再偷練，練不懂的地方就等掌門人來看他的時候偷偷教他。

這個孩子漸漸長大，十五歲的時候終於可以開始正式練武，平時就偷練的他，加上掌門人暗地裏親自點化，比一般人進步得快。他每年都參加比武大賽，從排名一百二十一，到第四年排名第十九，再也沒有人會看不起他，他也不用再洗衣服了。

隔年，掌門人被外來的「獨伶劍-仇原一」給打傷，掌門人雖然贏了，卻天天咳血。第七天，掌門人躺在床上說要見這個孩子，大家百思不解。掌門人告訴這個孩子，「一定要堅強，只要你內心強大，沒有人能看不起你，能看不起你的只有你自己。如果你堅強，天下沒有任何事、沒有任何人可以動搖你，甚至打倒你。如果你堅強，也不需在乎別人怎麼說你、怎麼看你，他們在你眼中將會成為微不足道的沙粒。」

掌門人送給他一套「玄天劍法」的劍譜，囑咐他一定要五年後才可以練，再給他一個玉佩和一張紙，上面有他的生辰八字、他父母的名字和原籍。掌門人說：「當年我出峨眉山到洛陽比武，回來的時候遇上一批湖南的災民，你父親病

死在路上，你母親一個人帶著四個孩子，養不起也帶不動，看到人就送。當時她面黃肌瘦，求我把你帶走，我考慮了好久，才下了決定抱走你，於是留下身上僅有的二兩銀子給她，你母親死都不收這二兩銀子，說她不是賣孩子，還一直向我磕頭道謝。

原諒我一直沒告訴你，因為我怕你待在峨眉山會有牽掛，會不開心，我本來想再過幾年，等你再大一點再告訴你，可是我的肝已經被仇原一打裂，沒有多少日子了。

我跟你一樣從小在峨眉山長大，一生孤寂，看你慢慢長大，不覺之中已經把你當成自己的孩子，但礙於我是掌門人的身份，只能偷偷得在大清早大家都還沒睡醒的時候來看你。你從小在峨眉山裏看人臉色，師兄弟之間的現實，我都經歷過，有多少次我跟自己說過，這裏我不待了，可是從小在這裏長大，離開了這裏我不更孤獨嗎？進了峨眉山就是我們的命，堅強得好好活下去，功夫練得再好，還不如壯大自己的內心。」

沒幾天後，掌門人仙逝。

這孩子從來沒有這麼難過，看誰都不順眼，把心思完全投入在練武、練劍上，那一年他又參加了比武大賽，得了第三名，那時他才二十一歲，狂妄的不得了，整個峨眉山沒有人跟他合得來，他心中想的只有「你們以前怎麼對我，我要加倍得還給你們。」

次年，他又參加比武大賽，得了第一，出手之狠，傷了好多師兄弟。同年，中原有十年一次的劍試，他代表峨眉派參加，看盡天下劍術高手，得了第九名，整個人才謙虛下來。

雖是名列第九，但僅有二十一歲，一戰下來和武林高手平起平坐，一下聲名大噪。

可這下他知道什麼叫人外有人，天外有天，決定回到峨眉山後，不再狗眼看人低。想不到回到峨眉山，大家已經算計好以他得了第九名的理由要把他趕走。當時新即任的掌門人對他說，峨眉山出去比劍的不曾排名第九，最差的也只是排名第六，你這是讓峨嵋派丟盡了臉，峨眉派的名聲從此是排在更後面了，你平時這麼囂張，怎麼到了外面囂張不起來，自己走吧，別讓人趕，不然就更丟臉了！

他回到峨眉山只過了一夜，第二天清早大家還沒起床，他就一個人下山了，還沒走到山下，他已經哭得走不動。

那時他才體會到前掌門人對他說過的話，「離開了峨嵋山不更孤獨嗎！」

他到湖南想找尋自己的母親，或是本家的親人，或任何一點訊息也好，但是都打聽不到，他體會到孤獨中的孤獨，甚至想過要自殺。

他到處漂泊，用了兩年才平復自己的內心，他在一個小農村中隱居，開始繼續練劍，又用了一年，才把功夫再練回

來，接著開始練前掌門人給他的「玄天劍法」。

一日黃昏，農村中一個大娘來找他，向他說媒，他從沒有過成家的念頭，一時不知怎麼答復。來說媒的大娘對他說，你也老大不小，應該有個家，有個女人照顧，才不會對祖宗不孝。

我離開了峨眉山還能有家嗎？

「不知這成親要怎麼辦理？要花多少錢？」

「你家裏還有什麼人？」

「沒有人，我是孤兒。」

「那就更好辦了！對方那邊也很簡單，就一戶六口子，我們這村裏常見面的幾戶請來熱鬧一下，大概辦個三桌就差不多了。如果你要嫁妝的話，對方那邊我來講，不過今年收成不好，我看不如雙方的嫁妝和聘禮都免了，三桌吃下來只要每桌有一隻雞就很體面。至於我這邊，您隨意一下就得了！」

「那…那就拜托您了！」

成親之後，每天三餐都有人做熱騰騰的飯，不像平常一個人肚子餓了草草了事。吃飯時有人問飯夠不夠，冬至時候有人問衣服暖不暖，人生就像重新開始。第二年有了自己的孩子，每次出遠門比劍回家最高興的事，就是看到自己的孩子又多學了幾句話。

他憑著玄天劍法，在武林中再次聲名大噪，那年他三十

二，再度參加十年一次的「中原試劍」，因為峨嵋派已經有代表參加，他便自立門派，以「銼劍堂」的名義參賽，技敗群雄，得了第一。從此，名利都跟著來，很多人資助他創立「銼劍堂」，他也再次謙虛得上了峨眉山，放低身段和眾師兄弟和好，來到前掌門人墓前叩拜。

不料，回到家時，他竟然看到自己的妻子、岳父、岳母死在屋內，小叔和小姑死在後院，只有兩歲半的兒子在爐灶內還活著，一定是大人把他藏在裏面。

鄰居的人來說，是一個手拿有很多環子的大刀，臉色有刀疤的人幹的。

「九環刀 — 魯黑！」，一年前在武林中結的仇家，想不到他能找到這裏來！我跟他之間的事與我家人何干？

雖然自己過往憑「玄天劍法」擊敗武林中數十位高手，可中間不乏有一些是江湖人物，有一些身不由己不得不結怨的時候。多年後他才明白，劍術越高，責任越大。

九環刀魯黑到處放話，自己在昆侖山等他，可是他始終沒去昆侖山。他怕將來還有江湖中人來尋仇，他抱兒子遠走，將自己的兒子化名馬屈凡，交給一戶農家撫養了十年，才將兒子領進銼劍堂。為了不讓自己孩子知道家人慘死的身世，為了不讓孩子將來去報仇，為了不讓孩子難過，為了不讓孩子恨自己沒保護好家人，他一直不讓孩子知道自己的身世。」

聽到這裏，司京驚訝道：「大師兄是您的兒子？」

師父點頭，流下了淚水，「沒人知道你大師兄的死誰最心痛。」

司京萬萬想不到！

過了好久，司京開口道：「後來你去找九環刀魯黑了？」

「沒有。他一直在江湖中放話，說我不敢找他，時不時這種話就會傳到我耳裏，每次聽到了，我的心就好久無法平靜。」

「師父，這滅門之仇，你就這麼算了嗎？」

「我報官了，魯黑也被懸賞通緝了。」

「師父，你不可能打不過他。」

「五年之後，我內心終於慢慢平靜下來，堅強起來，我很想去找他報仇，但我還是沒去。」

「為什麼？」

「因為我如果去找他報仇，就成了和他是同一類人。做一名劍客，不一定非要活在刀光劍影中，雖然難免會沾上江湖人、江湖事，或任何不公，任何無法解釋的事，只要你內心夠強大，就不會被打倒。」

「是他先殺你家人，你才去殺他，有什麼不對嗎？」

「國有國法，他殺了我的家人，他犯了法，我再殺他，不也和他同樣犯法嗎？這不是伸張正義，是自我泄恨。我堅

守國法，讓國法制裁他，才是維持天地之『正』道。往往什麼都不做，比做還難。」

後來九環刀魯黑自己沈不住氣，終於到銼劍堂來找我，我擊敗他之後，將他帶到衙門，那年秋後問斬了。

如果今天你去把沈秋然和赤連度殺了，你痛快了，你就要開始過逃亡的生活，你還能回去孝順爹娘嗎？你爹娘還能承受再失去一個兒子嗎？這樣是正義還是自私呢？」

「可是我現在平靜不下來，我快瘋了！」

師父拿出一本劍譜，「練這個。」

司京接過劍譜一看，「狂雲九天」。

「這是峨眉派第四代掌門人所創的劍法。當時剛創立銼劍堂沒多久，好多事要做，還要面對九環刀──魯黑在外面對我的冷嘲熱諷，那陣子我心中憤恨，常常失眠，於是上峨眉山得到當時掌門人的同意，抄了這本劍譜回來。「狂雲九天」一共三十六式，招招劍意帶狂，狂使劍氣大增，劍氣大於劍式，有如狂風暴雨之勢。把你狂躁的血氣，從劍意中釋放出來。一天四式，九天練完三十六式，把狂氣集中在劍尖，釋放你胸口的怨氣，愈狂劍勢愈猛。」

師父走了之後，司尚每天練「狂雲九天」，練完第九天，再從第一式開始練起，不到一個月，他劍式的威力已經可以破石、穿樹。師父再來看他時，見他以第二十六式「刺泉」，刺穿一棵大樹，如此強勁的劍式，驚訝不已！

師徒二人慢慢再走到稻田小道。

師父：「你覺得近來心情如何？」

司尚：「平靜了不少，不過還是會想大哥和大師兄。」眼中充滿了淚水。

「這是自然的。走，我們回去吧！」

「師父，您要讓我回銼劍堂了？」

「嗯！接下來要走的是更難的路，你要面對沈秋然、赤連度、還有你古師兄和錢師兄在你面前扭曲事實，你準備好了嗎？」

司京不知道自己到底準備好了沒，不知道看到他們拿大哥和大師兄的命在自己面前虛偽做作，自己能不能受得了。

師父：「堅強一點，不要讓他們一兩句話就搞得失控。」

師父和司京踏進銼劍堂。

二人通過大院走進大殿，正在練劍的弟子們，見到司京都楞住停了下來，接著所有人都停下來。

師父對大家道：「叫所有人都來大殿。」

赤連度飛急得跑到「欲心觀」找沈秋然，「大師兄，師父和司京在大殿，要所有人都過去。」

「什麼？」，沈秋然以為自己聽錯，「你說什麼？」

「司京回來了！」

沈秋然錯愕，說不出話。

「現在怎麼辦？」赤連度道。

「怕什麼？叫古師弟和錢師弟別亂說話。走！」

司京站在師父身旁，見到沈秋然和赤連度走進大殿，整個人沸騰起來，心裏一直反覆地告訴自己：要堅強，不要失控！

師父：「我上峨眉山閉關的這段時間，銼劍堂發生了很多事，雖然失竊的劍譜找回來了，可是走掉了七個弟子，司京入獄，你們的大師兄、司尚、林曉衫、呂賢皆喪命。衙門仵作開棺驗屍，證明司京誤殺司尚之前，司尚已經斃命，而大師兄是背部受金剛掌所擊斃。

兇手在你們中間，自己站出來。」

大家左右相望，沒人站出來。

師父：「這是最後一次讓你們認罪。」

還是沒人站出來。

師父：「沈秋然、赤連度、古靜心、錢夏，站出來。」

沈秋然、赤連度、古師弟走到大殿中間。

錢夏臉色蒼白，「師父，我沒殺人，這不關我的事！」

赤連度對錢師弟狠狠瞪了一眼，示意要他閉嘴。

師父：「我知道你沒殺人，把事實的經過說出來，我會從輕發落。」

錢師弟不敢出聲。

「站出來！」這是大家第一次看師父大聲說話。

錢師弟嚇得臉色發青，顫抖道：「柳師弟和錢師兄是赤連度殺的，大師兄和京師弟是秋然師兄殺的，根本沒我的事！」

赤連度睜大眼瞪著錢師弟，沈秋然面色從容，非常鎮定，古師弟看著赤連度不曉得怎麼辦？

師父對錢師弟嚴厲地道：「把事情經過說出來。」

錢師弟把每件事一一說出，說到赤連度殺柳師弟時，赤連度大罵：「胡說，沒這回事！」

錢師弟：「我沒說謊啊！古師弟也都看到了。」

師父：「古靜心，你都看到了嗎？」

古師弟臉色越來越難看，不敢出聲。

沈秋然慢條斯理地道：「事情根本不是這樣，我不知道錢師弟為什麼要這麼說，我與大師兄和尚師弟無冤無仇，何必要殺他們呢？」

師父：「秋然，你會金剛掌嗎？」

沈秋然：「我不會金剛掌。」

師父：「那大師兄背上的金剛掌印，是怎麼回事？」

沈秋然：「這我不知道！我也不知道大師兄被金剛掌打到，發生的時候我自然是不在場。

師父：「那司尚被司京誤刺之前，頭骨兩邊已被震裂，

怎麼說？」

沈秋然：「尚師弟被京師弟刺死之前，可是和我們在雨中蹦蹦跳跳的，生龍活虎一個人，怎麼有可能被京師弟刺中前就死了呢？」

司京已經氣得一臉通紅，雙手握拳顫抖，心中不斷地對自己說：要堅強，不要失控！要為大哥和大師兄申冤，不是為自己泄恨。

赤連度也再三否認，不停地說當晚他到樹林時已見柳師弟和曉衫師弟相互受傷倒地。

古師弟則一味配合配合赤連度說詞。

「肖玉笙！」師父道，「把你看到的說出來。」

肖玉笙道：「那天半夜裏，曉衫師兄把我搖醒，跟我說他看到四個人一起走出臥房，要我和他一起跟去，我爬不起來，曉衫師兄就一個人先跟在他們後面出了臥房，我過了一會爬起來，看到大師兄和秋然師兄也正走出臥房，我跟在後面出了臥房以後就叫住大師兄和秋然師兄，跟他們走在一起。

我們到處找了一陣子，都看不見人影，一直到聽見大院西面的樹林裏有聲音傳來，我們才往那裏跑去。到了樹林裏，我們都看到了曉衫師兄滿身受了重傷倒在地上，而呂師兄則倒在一棵大樹旁。大師兄要幫曉衫師兄運氣，叫秋然師兄幫他護法，叫我立刻到藥房去拿救命丹過來。

我在藥房找到救命丹跑回樹林，竟然見大師兄吐血倒

地，曉衫師兄則在原來大師兄幫他運氣的位置前方約十步之外，面朝地得倒在連度師兄面前。」

師父：「連度，這是怎麼回事？」

赤連度：「事情根本不是這樣！」

師父：「錢夏，把你看到的說出來。」

錢師弟面色不安，不敢看向其他人，只敢看著師父，道：「秋然師兄在幫大師兄護法的時候，走到大師兄身後出掌將大師兄打死，然後把曉衫師弟扶起來推向連度師兄，連度師兄踢斷曉衫師弟的脖子，他才面朝地倒下斃命的。」

赤連度大叫：「根本沒這回事！」，轉向錢師弟：「你為什麼害我？」

師父：「古靜心，當時是怎麼回事？」

古師弟還是沒敢出聲。

接著不管師父怎麼問，錢師弟怎麼說，沈秋然和赤連度死都不認。

師父：「司尚、司京、沈秋然、赤連度、古靜心在藏書閣外搏鬥的時候，有看到的人出來。

當時看到的有三十多個人，站出來的不到十個。

師父：「司尚被劍刺中之前是跟誰在交手？」

站出來幾個人都皺著眉頭，其中一人道：「師父，當時雨下得實在太大了，我們都在對面膳堂的屋檐下，根本看不清楚。」

師父：「古靜心，你不說話是不行的，如果你再不說，等水落石出的時候我會把你視為隱瞞真相的同謀，你必須做出決定，要說謊還是說出真相。」

古師弟緊張得開始手腳發抖，吞了一下口水才道：「錢師弟說的是……是真的，人是秋然師兄和連度師兄殺的，我都看到了，不過我什麼都沒做，我沒說是因為…我怕他們會殺了我。」

赤連度大罵：「吃裏扒外！你什麼都沒做！偷劍譜的時候你在哪裏？」

古師弟臉色更難看，馬上大聲道：「是你叫我們做的，說偷了劍譜要練一起練，要賣了有錢一起分……」

赤連度等不到古師弟說完，抽出手中的劍朝他飛刺過去。

古師弟拔出劍反抗，所有人往後站開，沈秋然不慌不忙也往後站開。

師父拿過司京手上的劍，抽劍，把劍鞘朝赤連度和古師弟射去，二人為了躲開劍鞘，各朝兩旁退開。

師父：「赤連度，你還有把我放在眼裏嗎？我會有讓你說話的時候，你這麼緊張做什麼？」

古師弟立刻再道：「還有離開的七個師兄弟，也是被他趕走的！」

赤連度再次一股火地朝古師弟殺去。

師父跳到他兩人面前，一招同時化解二人的劍法，一手

按下古師弟握劍的手腕，同時側身避開赤連度刺來的劍朝他肚子踢去，赤連度向後彈開十幾步外，抱著肚子跪在地上痛得說不出話。

師父動作之快，沒人看見他是什麼時候向赤連度踢出的腿，連沈秋然都睜大了眼，師父連腿法也這般上乘！

古師弟一看嚇到！立刻跪下，「師父，我錯了！是連度師兄一直找我和錢師弟、呂師弟偷劍譜的，我根本不知道他和秋然師兄會殺人，這些事他事先都沒說…………」

錢師弟見了也馬上跪到師父面前，「師父，這是真的！我們不知道他們會殺人，我們都沒出手，你放過我吧！」

師父心痛得合上眼，過了一會才張睜開眼道：「當初在論劍壇看你們是可造之材，可是忽略了你們的人品。從今以後，你們不配再做銼劍堂弟子，我也不是你們的師父，到了外面也不得跟任何人提起你們在銼劍堂待過，免得丟銼劍堂的臉，你們做的到嗎？」

兩人拼命得點頭，「是，是……」

師父：「走吧！不許再回來。」

兩人立刻站起來，心驚膽跳地走出大殿朝大門走去。

司京看到冤情水落石出，滿臉是淚。

師父：「拿繩子來，綁赤連度和沈秋然到衙門去。」

所有人看向赤連度和沈秋然，竟然不見沈秋然！

而赤連度再次突然出劍，跳起來刺傷好幾個弟子，轉身

要逃走。

大家拔劍對付赤連度，赤連度拼死抵抗，出手之狠，司京亦向前跳入捉拿赤連度的人群中。

博鬥中赤連度一連受了幾處劍傷，可是刺死了一個弟子。

「讓開！」師父大吼，所有人慢慢往後退開。

師父：「連度，收手吧！跟我到衙門去。」

赤連度大叫：「到了衙門我不死路一條！」

師父：「做個男子漢，對自己做的負責，還能得人敬重，活著才有一股氣在。」

赤連度還是大叫：「不可能，負責就是死，我不可能跟你去衙門。」

師父難過得又將眼睛閉上，赤連度一見，立刻飛劍朝師父刺去。

師父沒睜開眼，一側身避開，同時將赤連度握劍的手臂一折，廢了他的右手。

赤連度劍掉地上，痛得大叫。

師兄弟們一擁而上，將赤連度綁住。

司京跑到師父身邊，「沈秋然跑了！」

師父面色凝重。

沒多久，又有弟子來報：「師父，藏書閣大門被破，「玄天劍法」不見了！」

師父看著天上夕雲一嘆，慢慢道：「沈─秋─然─！」

師父派二師兄汴玉亭、三師兄永唯丘出銼劍堂抓捕沈秋然。

司京再三求師父讓他也去，師父終於答應。

沈秋然在福建老家有妻兒，一行三人決定先到福建去。

一路上司京和三師兄見二師兄又是酒又是嫖，像剛從牢籠中放出來的野狗一樣，感到非常不恥。

到了一個小鎮，二師兄又要去嫖，三師兄對司京道：「我看不下去了！與他同行真是丟銼劍堂的臉，不如我們先走，才不會耽誤時間。」

司京同意，兩人跟二師兄說要先走，二師兄也不在乎。

三師兄：「平時在銼劍堂看二師兄人模人樣，受人敬重，想不到換個環境馬上變成這個樣子！」

二人快馬連夜趕路，到了下一個小鎮，三師兄道：「我們在這裏休息一晚吧！換個馬，明早再上路。」

司京：「嗯！」

進了一間客棧，一連騎了五天快馬，兩人一進房倒頭就睡。

司京天一亮就醒，走出客房叫了兩個饅頭和一碗粥吃，

再走到客棧外透氣。

司京邊走邊想，當初到銼劍堂，只有大師兄和沈秋然最照顧他們，可沈秋然竟可以為了自己的利益殺了大哥和大師兄，這就是江湖嗎？

記得在家鄉的周師父說過，「金剛掌」乃少林上乘的武功，沈秋然竟然會這種功夫，現在他又偷了銼劍堂最上乘的劍譜「玄天劍法」，自己和三師兄對付得了他嗎？

沈秋然的劍術在銼劍堂排名第二，三師兄的劍術排名第五，加上我應該可以對付沈秋然吧！

大哥，你在天之靈，保佑我和三師兄早日將沈秋然抓回銼劍堂。

不知不覺走進一個鬧市，鬧市中有不少人和攤子。在鬧市中繞了一下打算回客棧的時候，看到一個眉清目秀約十五、六歲的女孩，手腳彎曲變形倒在路邊行乞。

這麼好看的女孩子，怎麼手腳生成這樣！

司京上前丟了幾文錢進她面前的破碗裏，馬上就有個人過來從她碗裏把錢拿走，女孩什麼反應都沒有，好像跟這個人是認識的。

司京正覺奇怪，旁邊一個賣菜的大嬸道：「別給她錢了，她是人口販乞丐！」

司京道：「什麼是人口販？」

「他們抓了人就把手腳打殘，讓他們行乞的時候看起來可憐也跑不掉，每天把他們丟出來行乞，要到的錢全拿去，利用他們做賺錢的工具。」

司京回頭一看行乞的女孩，手腳竟是被人故意搞成彎曲的殘疾形狀，不禁寒毛豎立，「大嬸，妳說她的手腳是被人打成這樣的？」

「是啊！附近還有其他手腳傷殘的乞丐，都是人口販的。」

「官府不管嗎？」

「管得著嗎？沒好處的事他們哪裏有空管！何況他們是從外地來的，每隔一陣子就換地方，連家人要找也找不到。」

司京心中升起一股憐憫與憤怒，可馬上想起大哥對他說過的話，別管閑事！

向大嬸點頭，便朝客棧往回走。

回到客棧，司京對三師兄說起人口販將擄來的人手腳打殘的事。

三師兄：「利用人的同情心賺這種錢，這世上你想不到的事太多了！師弟，你還年輕，每個人都有自己的命，你看多就會習慣了。」

司京：「師兄，如果我們不是要去找沈秋然，這事你會管嗎？」

「不會。」三師兄搖頭。

「為什麼？」

「因為這事不歸我管。」

「那官府都不管了就沒人管了嗎？」

「天管。」

「什麼？」

「做我們該做的事就好了。」

「那我們學劍是為了什麼？」

「學劍是為了自己，為了劍，為了鉎劍堂。」

「難道沒有為了正義嗎？」

「沒有。」，三師兄搖頭，「如果是為了正義，那事情管不完，我們只能管好自己份內的正義。」

「那行俠仗義呢？」

三師兄笑了一下，「我練劍不為行俠仗義，行俠仗義會讓人覺得你好管閑事，讓人討厭，或者讓人覺得你惹是生非，是個麻煩。」

「如果別人來找你幫忙呢？」

「大多數還是不幫，世上人真真假假，好多事你只能看到表面，看到片面，人說的只有對自己有利的那一面。」

「那個手腳被打到變形的乞丐呢？」

「你看到她被打了嗎？整件事你從頭到尾看到了嗎？你只不過看到人拿她的錢，聽人說她是人口販子的乞丐。一旁菜攤子的大嬸說的，不過是她看到這個乞丐一天當中的一部分，你就內心不平，這對整件事的了解實在是太少了。再來，就算你救她出來，你要怎麼安置她呢？」

「送她到當地官府，讓官府的人送她回家團聚。」

三師兄又搖頭，「說不定她自己都不想回家。」

「怎麼會呢！」

「準備一會上路吧！我們有我們重要的事要做。」

司京回房後想了一下，把包袱丟在床上，再回到鬧市裏，依然見到那個女孩在原處行乞，於是站在遠處，看了好久。

每當有路人丟錢給女乞丐，即刻就有一個固定的男人上前將錢拿走。待近黃昏，鬧市裏人漸漸稀少，攤子也相繼開始收攤，固定拿錢的男子上前丟了一個饅頭給女乞丐吃，同時將她抱走。

司京悄悄跟在他們後面，跟到郊區一間廢棄的破房，偷偷從窗子縫朝裏面一看，竟有七、八個像這女乞丐一樣手腳扭曲變形的青年男女，他們身著破舊、髒亂，睡在一起，見他們的體型和四肢，猶如一堆大蜘蛛擠在一起，情景非常的恐怖！旁邊有三個正常的男子圍著一張桌子吃喝。

司京聽這三個男子的談話，大致上在討論過陣子離開這

裏之前，要再抓幾個年輕人來行乞，這些人的身體與手腳被打斷至彎折之後，最多只能活個五、六年，他們手上近一半的殘疾乞丐，只剩一、兩年的壽命就沒用了。

沒多久，三個男子中帶頭的，叫其中一人去換藥，司京的目光隨著那名去換藥的男子，見他走到殘疾的乞丐堆裏，幫兩個手腳剛剛被打到扭曲變形的女孩換藥，不時聽到被換藥的傷殘女子發出呻吟與哭痛。

司京見這三名男子沒多久就坐到屋外喝酒，他從窗外爬進屋內，來到這兩個正在忍受一身傷痛的女孩前，小聲地道：「你們叫什麼名字？被抓來多久？」

兩個女子在地上痛苦得說：「我叫黃惠，我被抓來十幾天了！」，「我叫簡如月，我被抓來有一個月了！」

司京一直把聲音壓得很低：「妳們住在哪裏？我叫你們的家人來救妳。」

「我家住在洛陽街，五豐米行旁邊。」

「我家住在光明路巷子底。」

司京：「妳們再撐著點，我現在就去找妳們的家人。」

兩個女孩子在地上咬緊嘴唇，不住地點頭，不停地落淚。

司京來到五豐米行邊的一戶人家敲門。

一個中年人來開門，看起來像是睡到一半被吵醒的樣子，「什麼事呀？」

「敢問大叔，這裏是黃慧還是簡明月府上嗎？」

中年男子睜大眼，面容一下嚴肅起來，「你誰呀？」

「她們被人口販押在南郊五里外一間廢棄的磚屋裏，你們快點報官去救她吧！」

中年人立刻轉身衝進屋子裏大叫：「小惠有消息了！快起來，我們去衙門找官差⋯⋯⋯」

司京再趕到光明巷底，有四戶人家，哪一家才是？時間緊迫，先隨便找一家問問看。

司京拍門，一個老人來開門，「什麼事啊？大半夜的⋯⋯」

「打擾大叔！敢問可是簡如月府上？」

老人一臉猶如夢中驚醒，「是啊！你是什麼人找她？」

「她被人口販子押在南郊五里外一間磚房裏，你們快報官去救她！」

「你怎麼知道？」

「我剛才跟她說過話，她告訴我她家人住在光明街巷底。」

「你是誰？」

「我是外地來的過路人。」

老人去跑到隔壁另一戶家門口，不斷地拍門大吼大叫，「兒子，快起來！找到你媳婦了，快起來！⋯⋯⋯」

一名男子猛力將門打開，「爹，你說什麼？」

「找到你媳婦了！」

「啊！」男子大驚，「她在哪？」

「在南郊被人抓住了，快點！」

老人再去敲巷底的另兩戶人家，「大松，快起來！找到你嫂了！⋯⋯⋯」

司京一看，原來巷底這四戶是一家子。

四戶人家很快都跑出來，有人拿棍子、有人拿扁擔、還有人拿鐮刀。

司京對他們道：「你們別打傷人，到衙門找官差一起去啊！」

簡如月的丈夫破口大罵：「找官差？找了官差我還有機會打死抓走我媳婦的畜生嗎？」

司京緊張道：「你冷靜點，別出人命啊！到時候把你媳婦救出來，你還得坐牢！」

「我管不了那麼多了！你快點帶路！」

「我帶路沒問題，還是先報官吧！」

一大家子沒心思聽司京長篇大論，對司京又指又罵，「快點帶路，不然連你一起打！」把司京圍起來。

司京：「我是來幫你們的，怎麼還要打我？」

大夥把棍子、扁擔和鐮刀都舉起來，「快走！到底走不走！」

司京無奈，「好吧！好吧！先救人吧！」

來到南郊廢棄的破屋，黃惠一家人已經帶了兩名官差過來，三個人販子跑掉了兩個。

所有人把沒跑掉的那個人販打得一身是血，倒在地上動也不動。

兩個官差一旁看著，也沒出手制止。

黃惠一家人不停地向司京道謝，其中一位老人家跪在地上對司京磕頭。

反之，簡如月一大家子對司京破口大罵：「如果早點來，另外兩個人販子就跑不掉了」，而且口帶汙穢，罵得很難聽。更離譜的，還罵司京不早點來，不然簡如月的手腳也不會受傷，不會被折磨成這樣，最後竟逼問司京是不是跟他們一夥的？

司京：「我帶你們來救人的，怎麼會跟他們一夥呢？」

簡如月的弟妹像潑婦一樣，一口爆牙指著司京大吼，「我看你八成是分贓不均才跑出來通風報信，千萬別讓他走！」

我沒出手救人，只是去通報他們的家人，想不到也會有麻煩！

在這種不文明的小鄉鎮裏，他們不謝我，還誣賴我！心中難過多於憤怒，一時說不出話。

官差走過來，「跟我們回衙門一趟。」

在衙門大堂裏。

司京再次見到所有被人口販打到身體與手腳扭曲的青年男女，各個伏撫在地，無法像正常人一樣站立，他們在地上依偎成一團大聲哭泣。官差幫他們做口供時，都不願道出自己家鄉何處，不想讓家人看到他們現在的樣子而悲痛，既看過其他同伴都活不久，不如自己等死就罷，下輩子再重新做人，不願給家人痛苦和負擔，竟然每個人想法都一樣！

司京心中大大震驚，居然和三師兄說的一樣！

所有行乞的孩子們都向官府證明司京並非人販同夥，司京才得脫身。

回到客棧天將快亮，折騰了一晚，真是吃力不討好。三師兄整晚都坐在客棧飯堂等著司京，見司京一身倦態回來，不禁搖頭嘆氣。

司京與三師兄進入浙江境內。

　　一段下坡的石子路，二人只能下馬牽著馬走，這樣走了半天，才進入平坡地，眼見就要黃昏，三師兄道：「看來今晚要在野外過夜了！」

　　一連兩天，睡於荒野，終於在第三天，見到林間有一獵戶。

　　二人上前詢問以銀兩兌換熱食及過宿。

　　獵戶中見三男一女，三男自稱是結拜兄弟，從小一塊長大，女的是老大的媳婦，正於屋內火烤當天獵到的野山豬肉，香味讓司京和三師兄的肚子一直打鼓。

　　獵戶老大為人豪爽，切了兩大塊野豬肉過來，司京和三師兄同獵戶一樣，以雙手抓著野豬肉大啃大嚥，津津有味。

　　獵戶再拿酒過來邀司京、三師兄同飲，三師兄私下拿出銀針試酒，見銀針沒變色才喝。

　　獵戶老大：「你們這是打哪去？」

　　司京：「福建。」

　　「喔！我在福建漳州有朋友，你們是到漳州嗎？」

　　「不是，我們是到福州。」

　　「福州我就不認識人了！這酒是我媳婦釀的，味道不錯吧！來，再乾一杯！」

酒過三巡，老大和老二開始唱歌。老大的媳婦過來和他們敬酒，司京此時見這女人一口黑蛀牙，嚇了一跳。

老大唱完歌接著喝酒，「來，乾了！」

三師兄：「小弟實在不勝酒力，明早還得趕路！」

老二不太高興，「每次來投宿的人都只吃肉不喝酒，真沒勁！」

老三：「二哥，咱們天天喝，他們酒量怎麼跟咱比？」

老大：「我們住山裏，冬天喝酒取暖，夏天喝酒取樂，日子比你們痛快多了！」

司京：「大哥，你們從小就住山裏嗎？」

老大：「我們本來住山下，一直都是以打獵為生，後來搬到山上，就很少下山了。」

司京：「住山上和山下有什麼不同？」

老大：「住山下上山打獵時也會住山上，家在山下，可是在山上的時間比較多，後來乾脆搬到山上，打到野味到山下賣，就會在山下住上幾天，可還是喜歡在山上生活，沒有閒言閒語比較自由，還是山上好，山下不如山上。」

媳婦：「你說什麼山下山上的，就一句山上好不就得了！」

司京：「山下哪來的閒言閒語？」

三師兄對司京使了個眼色，要他不要多問。

老大：「那些農戶的嘴就是賤，不說了，喝酒！」

老三：「山上隨時要打獵都行，不用上山下山的，我們方便。」

老二：「對！」

三師兄：「我不行了，有點醉了！先失陪。」身子往後一挪，一躺橫就閉上眼。」

老大：「也沒喝多少，真不是個男人！來，你喝！」把自己碗中的酒倒滿，對向司京。

司京：「我也不行了！」

老大一陣無趣，「真是的，都沒喝多少……！」

喝著聊著，所有人漸漸都躺下。

老大拉起媳婦，「來！跟老子過來。」

木屋裏沒有房間，老大和媳婦就在一旁就幹了起來。

司京裝睡，聽到媳婦竟在一旁痛快地叫了起來，心中碰碰亂跳。

老大幹完了，回到火堆旁呼呼大睡，接著老二再過去大嫂面前把衣服脫了，趴在大嫂身上，又幹得阿嫂大呼小叫。

接著輪到老三。

司京幾乎無法相信。

晨。

鳥叫聲。

細雨，大霧。

三師兄留下一點銀子，要和司京上路。

老二：「走不了了！前面一段山邊的泥路一下雨就坍，馬兒根本過不去，等雨停了再走吧！」

三師兄心中嘆了一口氣，「那只好再打擾一陣！」

老大：「沒事！放心待著吧！」

半天一過，雨還是沒停。

老大在屋子裏悶得發慌，背上了弓箭，「我出去看看有沒有獵物？」

老二：「悶死了，我也去！」

二人披上了簑衣，走出木屋。

老三和大嫂在屋內打情罵俏，司京幾乎看不下去，對三師兄說：「師兄，我們走吧！」

三師兄心裏明白，對司京道：「霧太大，我們對山路又不熟，走不了。他們不是壞人，再忍一下！」

當天色緩緩微暗，老大和老二回來，老二背上扛了一只死鹿。

老大：「快點拿個碗過來，這鹿角還鮮著呢！」

媳婦見了大聲說：「又喝這玩意兒，想幹死老娘啊！」

老三隨即拿了一個大碗和一把山刀過來，將鹿角劈斷，用大碗接著從鹿角流出來的鮮血，三兄弟輪著把這碗鹿角血喝了。

老大滿口鹿血，「今晚非把妳幹到天亮！」說完哈哈大笑。

「去你媽的！」媳婦說，「幹到老娘下面都鬆了。」

老二、老三也哈哈大笑起來。

司京一旁滿臉尷尬。

到了晚上，又是喝酒吃肉。

三師兄見了這三兄弟一天下來不過是粗人，沒什麼壞心眼，今晚倒是比較放心一點，和他們多喝了幾碗酒，依然早早入睡。

司京看師兄睡了，也跟著躺下。

三兄弟和大媳婦喝了沒多久，老大又把媳婦拉到一旁幹上，媳婦被幹得狂叫，一點也不忌諱有外人而害臊。

老大完事回到火堆旁，老三站起來道：「二哥，你幹不幹？」

老二：「一塊兒吧！今天有鹿茸血助力，老子非把妳幹死！」

媳婦躺在一邊仍敞開著大腿，大罵：「他媽的！每次喝了鹿茸血就沒完沒了，你們要把老娘給幹穿了！」

老二和老三撲向大嫂身上，大嫂在屋內發出一連串震耳的殺豬叫，老大在火堆旁看了哈哈大笑！

　　老三幹完了，老大又接著上去幹。

　　大嫂非人性的吶喊，司京恨不得要衝出這木屋。

　　清早，太陽一出來，三兄弟立刻背上弓箭和獵刀跑出去，生怕這山頭的獵物就要被別人搶走似的。

　　司京出去餵馬準備上路。

　　三師兄向大媳婦行禮告別，「請轉告三兄弟，多謝款待！」

　　媳婦：「也沒什麼招待你們，多住幾天吧！」

　　三師兄見媳婦兩排黑蛀牙邊說邊笑，一手還伸進胸前衣服裏抓癢，幾乎想吐，立刻留下一些銀兩，和司京一起道別上路。

　　司京騎在馬背上，大大鬆了一口氣，「我再多呆半天都受不了！難怪山下的村民會對他們閒言閒語！」

　　三師兄：「他們只是遠離塵世的粗人，心地並不壞。」

　　司京：「三師兄，我們回去的時候別再走這條路了。」

　　「嗯。」

兩人來到山邊一轉角處，遠見山下一處人煙。

三師兄：「下面應該就是福建了。」

二人下馬，牽著馬韁走下山，想趕在天黑之前能進入山下的村莊投宿。

正要穿過村莊前的一大片樹林，三師兄見樹林上一群驚鳥四散，「是劍氣！不要往前走！」

二人將馬拴在一棵樹邊，小心翼翼地向前摸去。

進入樹林中，見前面一塊空地，兩個人面對面站著，一個身形肥胖，挺著大肚子，穿著邋遢，吃著手中的花生。另一個中等身型，衣著簡樸、整潔，溫和的書生氣度，身後握有一把長劍。

身型肥胖的人，嘴裏噴著嚼碎的花生渣，很不客氣道：「黃采聆，你每隔一兩年就來煩我一次，這樣把我煩了十幾年，你想把我煩死是嗎？」

黃采聆：「伏師父，我……」

「不要叫我師父，我是點過你一兩下，可從來沒收你為徒！」

「伏小方，我只是想跟你比試一下，學點東西，不會打擾你太久的。」

三師兄心中大吃一驚，他們竟是黃采聆和伏小方！

伏小方：「我每次跟你比完叫你不要再來找我，你還來，你有尊重過我嗎？」

黃采聆：「我可以付您學費。」

「我要收你學費的話，你根本付不起！」

「我只求劍術能有長進，付您學費是內心尊重您，不讓你白花時間教我。」

「你還知道我應付你這個死書生要花時間！我快七十歲的人了，只想一個人到處遊山玩水，好好過個晚年，想不到你這死書生怎麼罵都沒用，一再來找我，我大江南北走到哪你居然都能找得到，你是想氣死我啊！」

「您先別氣，我帶了一只烤鴨和一只燒鴨來給您。」

「啊？」伏小方一臉不知如何是好，想了一下道：「我有風濕，你還帶鴨子給我吃，你這死書生想害死我啊！」

伏小方左一句死書生，右一句死書生，黃采聆為求劍術，一點都不在意，轉身走到一旁馬背上的袋子裏，拿出兩包用紙包的烤鴨和燒鴨出來。

伏小方馬上聞到了味道，吞了一下口水。

黃采聆：「還是溫的，您趁熱！」

伏小方盯著黃采聆手中的烤鴨和燒鴨，大罵黃采聆：「你這死書生，老是拿吃的來誘惑我！你認為我是禁不起誘惑的那種人嗎？把鴨子拿過來。」

黃采聆恭恭敬敬得用雙手把兩只鴨拿到伏小方面前，「趁熱啊！冷了就沒那麼好吃了。」

伏小方嚴肅地看著黃采聆，「你把我當什麼人，我只是

拿過來看看而已，到了南方以後，好久沒看到了！」

「我還有青蔥、辣椒、甜豆醬和五張薄餅，薄餅也是熱著的。」

伏小方睜大眼又吞了一次口水，心想，吃了他的鴨子，就得露兩手給他，這樣的話，過一兩年後他又要來找我！狠下心道：「好了！好了！我看完了，拿走吧！我還要趕路！」

黃采聆伸手拔了一只鴨腿，在伏小方面前吃了起來，邊吃邊道：「我們也認識十幾年了，難得能再碰上面，你就把我當成是在路上碰到了老朋友，閒聊幾句再各走各路就好了，你走了之後，我也不會纏著你，「把吃完的鴨腿骨頭往旁邊一扔，又拔了另一支鴨腿吃了起來，「你就隨便吃一點好了，不吃的話，哪有力氣上路呢？大江南北，錦繡河山，還有多少人文美景等著你去遊走，不吃飽的話，怎麼能走得遠，你就隨便吃幾口好了！」

伏小方已經流了滿嘴的口水，看黃采聆又把吃完的鴨腿骨頭丟到一旁，再伸手去撕鴨肉放入嘴裏，「這鴨子皮真脆，鴨肉又不油膩，加點青蔥應該還不錯……」

伏小方見再這麼下去，一隻鴨子很快就要被吃光了，慌了起來，「這可是你求我吃的，不是我做人沒原則……」

黃采聆嘴裏嚼著鴨肉道：「是啊！是我求你的，吃一點就好了嘛，我才不會難過，不然再等一會，兩只鴨子都冷

了，味道變了還不如不吃，要吃就吃好的。」

伏小方又說了一次：「這可是你求我吃的！」

「是啊！本來就是我求你的，拜托你吃幾口就好了嘛！」

伏小方把兩只鴨子抓到自己面前，一下狼吞虎咽起來，「把青蔥跟薄餅拿來，還有辣椒，甜豆醬不用了。」

黃采聆走回馬邊，從馬背上的袋子再拿出一個紙包，回到伏小方面前，看到伏小方已經把整只烤鴨拿起來啃。

「來點青蔥！」伏小方接過一把青蔥，張口就咬。

黃采聆再把燒鴨肉撕下一塊一塊，加上青蔥和辣椒，包在薄餅裏遞給伏小方。

伏小方接過薄餅咬上一口道：「真香啊！」突然皺起眉頭，「你怎麼不吃啊？」

黃采聆也用薄餅夾上幾片燒鴨肉，吃了起來。

伏小方：「這才對嘛！兩個人一起吃才好吃嘛！」

黃采聆：「對！這說得對。我還有一包芝麻炒花生，一會兒您帶在路上吃。」

「好啊！好啊！有心，有心。」伏小方整個心飛躍起來，邊吃邊笑。

司京和永唯丘躲在樹叢後面，看伏小方坐在地上，開心地吃著鴨肉，邊吃邊笑像個孩子一樣。

伏小方吞下一個薄餅後道：「對了！我已經這麼久不涉

足江湖，到處雲遊四海，我自己連下一個地方要去哪裏都不知道，你怎麼老是找得到我。」

黃采聆：「我是請邊城馬幫我找的。」

「邊城馬，馬三？」

「是啊！」

「真的有這個人！」

「是啊！我跟他打過交道後才知道，馬三不是一個人，是一個組織，找人、找東西、找消息，他們都有辦法。好多鹽商、茶商都靠他們打聽下半年北方和南方的鹽價和茶價，有時候官府也會私下拜托他們找通緝犯。」

「這樣子啊！那看來他們可不便宜嘛，你為了找我還真捨得花！」

「能見到您這樣的一代高手，傾家蕩產都值得！」

「你瘋了？什麼狗屁書生。」伏小方吃完烤鴨，還舔了一下十根手指頭。

司京心想：怎麼一個一代高手的吃相這麼難看！

兩只鴨子大部分都是伏小方吃的，還吃了四張薄餅，肚子撐得真是痛快！心中一下舒坦的不得了，不過…畢竟還是吃了人家的東西，就這樣拍拍屁股就走的話，良心上總是過意不去，「臭書生，我現在吃的這麼飽，怎麼跟你比試呀？」

「要不您先睡一會，休息一下。」

「嗯！也好。」伏小方走到一旁的大樹下，一躺下就開始打呼。

黃采聆則盤坐在一顆大石頭上，拿出一本書來看。

三師兄拍了司京一下，兩人小心翼翼地，每一步都不敢發出一點聲音，往後退出了樹林。

司京：「師兄，要不我們走吧！」

三師兄：「你說什麼？等一下他們兩個人比劍，是平常人一輩子想看也看不到的，怎麼能走！」

「他們是什麼人？」

「那個胖老頭伏小方，是咋們師父那個年代的高手；黃采聆是我們這個年代赫赫有名的劍客，他曾經打敗過師父。」

「什麼？」司京張大了嘴，無法相信！竟然還有人可以打敗師父！

「師父一生中勝八十六戰，敗三。十一年前，黃采聆曾經到銼劍堂求戰，師父關上門跟他比了一場，說好戰後勝敗不提。比試過後，師父走出來，說自己敗了！

他是少有能讓師父敗得心服口服的人！你看黃采聆這麼厲害的人，都還要跟那個胖子求師，這場你看還是不看？」

「看！看！」司京不住地點頭。

三師兄再道：「那個胖子伏小方，聽說他一生從沒敗

過，據說四十歲時從劍法中悟道，自創『點冰劍法』，在江湖上又和人比劍三年，打敗幾個高手後就隱退了，想不到在這裏可以見到他！而黃采聆，江湖人稱白書生，曾經上榜探花，朝廷要給他官做他不做，投身劍術，做了一名劍客，一生浪跡天涯，孤獨求敗，不為名利，只求能在劍道上精進。他到鉡劍堂打敗師父後，一生信守承諾，沒對人提起，可見他的為人。他可能還打敗過不少劍術高手，沒人知道。」

兩人又彎手蹩腳得摸回樹林中，生怕被發現，不敢靠得太近。

等了好久，伏小方終於睡醒。

黃采聆馬上端上一個水袋，「是茶，熱的。」

伏小方喝了幾口，「爽啊！精神氣爽！」然後放了一個響屁。

司京和三師兄一臉難看，這個人怎麼這樣！

伏小方站起來，「我又沒劍，怎麼比啊？」

「我都準備好了！」黃采聆到馬背上抽出另一把劍，雙手奉上到伏小方面前，道：「湖北名鑄劍師贅舜鑄的。我等了他兩年才等到他有空鑄一把給我，他只鑄劍，不做劍鞘，這劍鞘是我另外配的。」

伏小方抽出劍看了一下，「我以前也找過他，也是要等好久，就沒讓他做了。」把劍揮了幾下，點點頭，「屬中上

等，還不錯！」

黃采聆向伏小方鞠躬，「請賜教！」

伏小方做了幾個伸展的動作，「來吧！」

黃采聆向後退七步，擺出一個劍式。

伏小方微微下蹲，單手秉劍於胸前。

兩個人這樣站了好久。

司京看向三師兄，怎麼回事，這兩個人怎麼都不動？

三師兄做了一個手勢，要司京別出聲。

黃采聆終於向伏小方刺去。

伏小方轉身避開，仰身回刺，速度之快，兩劍相交，和黃采聆打了起來。

司京一看，這老胖子竟然這麼靈活！

伏小方把劍拋在空中，幾次以劍指偶爾點一下劍柄，卻能控制劍式在空中的攻式，像「耍劍」似地攻向黃采聆。

黃采聆接了伏小方幾招，突然轉起身子，整個人像陀螺一樣向上空彈起。

伏小方也跳起來，跳得比黃采聆還高，然後倒著身子對黃采聆頭頂刺下。

黃采聆一直到落地才避開這一劍。

伏小方落地，立刻往後一翻，站得穩穩的，「好小子，你是第一個躲過我『墜流星』這招的，你是怎麼把身體下降

的速度加快的？」

「我把氣運到腳上再下踢，身子在空中就如同加了一個勁道往下拉，自然下墜的速度就快了。」

「原來是這樣，難怪我沒察覺到，你反應還真快！來，再接我一招！」伏小方把劍朝黃采聆隔空射去，同時追在劍身之後，攻他下盤。

黃采聆把劍擋掉，跳上空中躲去伏小方攻進的下盤，倒身朝下刺去，就是剛才伏小方的『墜流星』。

伏小方不慌不忙站在原地，待黃采聆的劍快刺中頭頂時才側身避開兩寸，又即時跳上空中，以二指為劍，再度使出『墜流星』，等黃采聆著地轉身，伏小方二指已經點中他的眉心，速度之快避無可避。

司京看得目瞪口呆，這幾招都發生在眨眼之間！

伏小方收回劍指，「好了，我要上路了，你又學了我一招，以後別再找我啦！」

黃采聆立即到馬背上的袋子掏出一包紙袋，回到伏小方面前雙手呈上，「這是芝麻糖炒花生，您一路解饞。」

伏小方猶豫了沒多久，就把花生收下，「好了，看你那麼有誠意，我就收下，別再找了！」

黃采聆：「為什麼我使『墜流星』刺不中你？問題出在哪裏？」

「開玩笑！兩只鴨子、一包花生就想要我『墜流星』的

精髓，都跟你說我不收徒弟了，我不可能教你的。」

「看在我千裏迢迢到來的份上，你就指點我一下嘛！」

伏小方背起自己的包袱，快快地往前走，不想理他。

黃采聆趕緊去把另一隻劍撿起來，牽著馬跟在伏小方身後，「你就告訴我嘛！我不會說出去的………」

等他們兩人走遠，司京才「哇！」出口，「這麼快就定輸贏了，我有些地方還看不太清楚。」

三師兄：「高手過招只在一瞬之間。」

「這胖子看起來笨重，一出招讓人意想不到呀！人不可貌相！」

「要不是我們有任務在身，我真想過去跟他們討教一下，不過………」

「不過怎樣？」

「我們去找他們的話，他們可能不會跟我們談劍術。」

「是不是我們的江湖地位不夠？」

「不，他們看來都非帶色看人之輩，是我們的程度不夠，他們說的我們可能有一半都聽不懂。」

終於走進福州。

司京開始緊張，血液開始沸騰。

二人牽著馬，經過沈秋然家門，並沒有停下。

他們在斜對面一家客棧落腳，要了一間二樓窗口對街的客房。

兩人不斷盯著斜對面沈秋然家，一天三頓都在房裏吃，視線不曾離開沈秋然家大門。

兩天了，沈秋然家中的人進進出出，就是沒看到他。

司京：「難道他沒回來？」

三師兄盯著窗外，慢慢道：「不然就是回來了，沒住在家裏。」

「不住家裏會住哪裏？」

「這個人深謀遠慮，他在銼劍堂待了九年，伺機而出，他有耐心，有深遠的思路，我們想得到的他也想得到，他應該知道師父會派人來找他。」

「那我們怎麼辦？」

「我想，找他不容易，找到他之後也不一定容易。他現在身上背著三條人命，抓他到衙府的話一定死路一條，一定會反抗，師父才吩咐二師兄和我來找他。可是我看二師兄一

出了銼劍堂就像個脫韁野馬，荒淫無道，當初和他分道揚鑣真是錯誤的決定。」

「你一個人打不過沈秋然？」

三師兄搖頭嘆了口氣，「在銼劍堂，繼大師兄之後就屬沈秋然功夫最好，他入門銼劍堂之前，功夫已經學得很雜，可是深藏不露。他殺大師兄所用的金剛掌，是少林寺上乘的內功，沒人知道他功夫原來這麼高。和他比劍的話，我也沒把握，除非現在能找到二師兄，我和二師兄聯手，不然就算我持劍對他空手，都難以制服他。」

司京臉色暗淡下來，「不然我們找當地官府。」

三師兄：「不行，師父說過把他帶回銼劍堂，我們就要把他帶回銼劍堂。在這裏報官的話，事情會變復雜，可能就無法把他帶回銼劍堂了。」

「帶回銼劍堂之後，師父還不是要把他送官。」

「帶沈秋然回銼劍堂，是讓天下人知道，沒人可以在銼劍堂犯了堂規能夠跑得掉，銼劍堂自己有能力制裁叛徒，不讓人笑話，得以維護銼劍堂在江湖上的尊嚴。把他帶回銼劍堂之後，師父不以自身代替當今律法，不處以私刑而交予官府，是遵守法律，維持天下公義。」

夜。

三師兄看著窗外道：「你有沒有注意到，沈秋然家中的

人一天三次拿著竹籃出門，買菜也不可能一天買三次！」

「三次？」司京很快就想到，「是送飯！」

「嗯。」

「明日一早，再有人拿竹籃出門你就跟著他。」

隔天清早天剛亮。

沈秋然家大門一開，一婦人又拿著竹籃走出來。

三師兄：「快去，別跟得太近。」

司京馬上跑下樓出了客棧，遠遠地跟在這婦人身後。

跟到郊外一間草屋。

婦人進了屋內，沒多久就出來。

「難道沈秋然在這裏？」司京躲在一堆樹叢後繼續叮著。

不到半個時辰，司京神色開始漸露兇狠，全身開始僵硬，緊握雙拳，指甲幾乎刺進肉裏。

他看到了沈秋然！

沈秋然步出了稻草屋，緩緩走到屋子前的空地練劍，練練停停，有時候會去翻放在地上的一本書，這劍法司京在鋥劍堂沒見過，「難道他在練偷走的『玄天劍法』？」

到了正午，又有一個孩子拿竹籃送飯過來，沒多久又離開。

沈秋然進屋子裏吃飯，過了半個時辰又出來練劍，直到黃昏才停下來，坐在稻草屋前的一張竹椅上，翻著那一本書。

天色漸暗，早晨來過的婦人又提著竹籃來到，兩人一起進屋子裏吃了飯後出來在田間散步。

司京一見他們走遠，立刻跑進草屋去。

眼睛掃到一桌面脫口而出：「果然是『玄天劍法』！」，一共六冊。

司京把六冊劍譜全部拿走，跑回雜草堆後面，他就是要看沈秋然發現劍譜不見的狼狽，讓自己痛快一下。卻不知道這麼做是打草驚蛇！

沈秋然和婦人回到草屋前，婦人離去，沈秋然走進草屋。很快就衝出屋子四處張望看了好久。

司京在草堆後面冷笑，「這才剛開始呢！」

天色幾近黑暗，沈秋然進屋拿了劍離開。

「真應該連你那把劍也一塊拿走！」

司京跟在沈秋然後面，一直跟到他走出一片稻田，卻因天色昏暗看不見人影，最終放棄折回客棧。

司京回到客棧，把『玄天劍法』六冊劍譜拿給三師兄看。

三師兄臉色大變，「哎呀！你怎麼把劍譜拿回來了呢！」

「這本來就是銼劍堂的東西！」

「你這麼做是打草驚蛇了呀！」

司京一下恍然大悟，說不出話。

「算了，拿了就拿了！」三師兄道，「明早我要去泉州一趟，你在這裏盯著，如果沈秋然再出現，你跟好他，千萬什麼都別做。」

「你要去泉州？」

「記不記得在銼劍堂被赤連度趕走的其中一個師弟費岬夫？」

「費師兄，記得！」

「我今天想了一整天，想到費師弟的故鄉在泉州，離此處不遠，如果我能找到他過來聯手對付沈秋然，就有制服沈秋然的勝算。」

「費師兄住在泉州哪裏，你知道嗎？」

「不知道，既然泉州離這裏不遠，我就去那裏的武館打聽看看吧！這是沒辦法中的辦法了！」

三師兄第二天一早就上路泉州。

司京在客棧的窗口一直盯著，一連五天，不但沒見沈秋然，也不再見人提竹籃出門送飯，看來我真的是打草驚蛇了，唉！

九天過去，司京如常盯著窗外，忽然眼前一亮，「那不是二師兄嗎！」

二師兄在沈秋然家門口走過，沒多久又走回來。

司京立刻跑下樓，衝上大街。

二師兄一見司京出現在面前，只是和他微微點了頭，並沒停下腳步，不露任何神色地走過他身邊小聲道：「不要跑，跟我來。」

司京跟著二師兄，兩人走過了十幾條街道後，二師兄才停下來轉身面對司京。

「二師兄，我以為碰不到你了！」司京激動得說。

「怎麼會呢！我故意在沈秋然家門前來回地走，就是要讓你們看到我。三師弟呢？」

「他怕等不到你，對付不了沈秋然，一個人到泉州去找費師兄來對付他。」

「你們住哪？」

「沈秋然家對面的客棧。」

「走，先回客棧去。」

兩人邊走邊說，「二師兄，你什麼時候到的？」

「昨晚。」

「你住在哪裏？」

「廟口。」

「什麼？」

「我盤纏花完了。」

「啊！」司京略帶錯愕。

「你身上有多少錢？」

「那是要付錢給客棧的！」

「先給我。」

「你要做什麼？」

「別問了，先給我！」

「那吃住怎麼辦？」

「三師弟那邊還有，你先拿來！」

「那怎麼行？」

「你敢不聽師兄的話！」

「都來到這裏了，你再到處玩女人我就告訴師父。」

「我不是要玩女人，我是要看病。」

「看病？」

「是啊！」

「看什麼病？我不信。」

「你就別問了！」

「給你可以，我要跟你一起去找大夫。」

「我自己去就行了。」

「不行，不然我不給。」

二師兄沒辦法，「好吧！好吧！」讓司京跟他一起去找大夫。

到了醫館，司京才知道二師兄是得了花柳病，看大夫、抓了十二服藥就花了快一兩。

「怎麼搞的？玩成這樣！」司京掏銀子的時候不高興道。

「別告訴別人！」二師兄說，「等你三師兄回來，就說我染風寒好了。」

「花柳就花柳，染什麼風寒。」

「你這孩子怎麼這樣！二師兄的話你聽不聽？」

「聽。」司京不高興道。

「你放心！等你三師兄回來，我一定幫你把沈秋然抓起來。」

司京不爽道：「什麼幫我，這是師父給你的任務呀！」

「唉！你這孩子怎麼這樣？老是跟我過不去。」

司京臭著臉，朝客棧往回走。

五天後，司京看到三師兄和費岬夫出現在客棧房門口。

「費師兄！」司京喜出望外道，「二師兄，你真的找到費師兄了！」

三師兄：「想不到費師弟在老家早就有些名氣，我在泉州問了幾家武館，很快就打聽到他。我們現在有四個人一起對付沈秋然，抓他的勝算更大了！」

司京露出堅定地眼神，「嗯！」

二師兄：「不過我們都盯這麼多天了，連他的影子也沒見到，現在怎麼辦？」

四個人圍著桌子坐下來。

三師兄想了一下，「沈秋然離開了稻田小屋，他的家人馬上就沒有再送飯去給他，可見他一定有辦法通知他的家人他已經不在原處，他是怎麼通知的？」

　　司京：「在草屋內留下字條給他家人？」

　　三師兄：「但是那天夜晚他是發現劍譜不見就離開了，他的家人在第二天送飯之前沒先見到字條就不再送飯，所以這種可能性不成立。」

　　費師兄：「找人送信或是帶口信？」

　　三師兄：「這個可能性最大！」

　　二師兄：「那現在沈秋然的家人知道他在哪裏嗎？」

　　三師兄：「沈秋然這麼謹慎的人，一發現劍譜不見，必定會想到是銼劍堂的人到來，不會再讓他家人知道他的位置。」

　　費師兄：「那就只有送信或是帶口信的人知道了！」

　　三師兄：「誰最有可能是送信或是帶口信的人？」

　　二師兄：「朋友？親人？」

　　司京：「他會不會已經離開福州？」

　　三師兄：「嗯，這裏是他的老家，親戚朋友一定不少，找個人送信或是傳話很容易。我認為他還在福州，不太可能離開。」

　　費師兄：「但如果有人要追殺他，要把他交給官府，有什麼比逃命還重要！」

三師兄：「如果他想逃命的話，根本不會回到福州，還留個線索讓人找他，甚至拖累家人，所以我認為他既然要回來，必定有他的理由，不可能會輕易離開。」

　　費師兄：「要是他想走的話，應該會找個理由告訴家人自己將要避上一陣子。」

　　三師兄：「我們重新來過；第一，他人還在老家福州。第二，他的家人不知道他在哪裏。第三，他和家人之間，有一條通線。第四，他的家人雖不知道他在哪裏，可是知道這條通線是誰。」

　　二師兄：「所以我們只要找出這條通線，就能找到他。可是這條通線要怎麼找？」

　　司京：「我們跟蹤他的家人，早晚能找出這條通線。」

　　三師兄：「不太容易，他的家人不會輕易啟用這條通線，我們不知道要等到什麼時候？」

　　屋內一陣寂靜。

　　二師兄突然道：「有什麼辦法可以讓他的家人主動去找這條通線呢？」

　　費師兄：「家裡發生非常重要的事！」

　　二師兄：「什麼重要的事？」

　　費師兄：「家人重病、家裏缺錢………」

　　「出軌！」三師兄腦筋一閃，「這是讓他媳婦不得不找

他理由！」

晚上，二師兄從一家妓院帶著微笑出來，「這種差事還不錯！」

隔天中午，一個妓女來到沈秋然家，沈秋然妻子來開門。

妓女笑著臉客客氣氣道：「這裡是沈秋然家是吧？」

沈秋然妻子見女子一身庸俗且花枝招展，說話不太客氣：「妳誰呀？」

「沈秋然昨晚在我那邊過夜，說今早要把錢拿來，我都等到正午了，請他把昨晚和以前的賬清了吧！」

沈秋然妻子立刻變臉，火大道：「什麼錢啊？」

「過夜的錢啊！」

「什麼過夜的錢？」

妓女不高興起來，「他昨晚到紫霞樓來，睡了老娘一晚，不用給錢是吧？」

「妳說什麼呀？我官人他不去那種地方。」

妓女終於變臉，「我管他去不去什麼地方，這裡是不是沈秋然家？是就叫他出來把錢清了！」

「他不在家。」

「一句不在家就想把我打發，妳以為老娘是第一天出來混啊！還沒有人可以白睡老娘不給錢的，叫他出來！」

兩人越吵越大聲，左右鄰舍和路人都圍過來看。

妓女越鬧越兇，嘴裏罵得難聽還處處不饒人，「我幹妳祖宗十八代…………」

沈秋然妻子哪裏兇得過這般風塵潑婦，氣得進屋把門關上。

妓女對門又踢又罵，最後落下了狠話才走開。

沈秋然的妻子覺得自己在鄰裏顏面掃地，尊嚴盡失。

沒過多久，沈秋然妻子氣沖沖得走出大門，走了好久，走出城門，進了一戶農家，在裏面大哭大鬧了一陣子又走出來，往山上走，走了約有半個時辰，來到沈家祖墳旁的一間小屋，看到沈秋然在小屋前練劍。

沈秋然見妻子跑來，嚇一大跳，二人當面吵了一陣子，妻子安靜下來，沈秋然緊張地四下到處看，然後把妻子拉入小屋內。

司京，二師兄，三師兄，費師兄從小屋四面慢慢走過來。

小屋兩扇木門慢慢打開，沈秋然手握劍走出來，面帶微笑，雙眼卻盡露兇光。

二師兄來到沈秋然面前，心平氣和道：「跟我們回銼劍堂，不要傷了師兄弟之間的和氣。」

沈秋然臉色漸漸變得好委屈：「師兄，我好後悔我做的事，我也想過回去面對師父，可是師父一定會把我交給衙門，到時候我死路一條，我家中尚有妻小，你叫他們怎麼辦

呢？」

司京大罵：「那我大哥和大師兄還有曉衫師兄的命呢？」

沈秋然低下頭，沈痛地跪下，把劍放在地上，自責道：「師弟，你說的沒錯！這段時間我睡也睡不好，看在師兄弟一場情份上，讓我回去見我孩子最後一面吧！」

二師兄：「好，我答應你。」向前走去，彎身要拿他地上的劍。

三師兄覺得不對勁想要制止，已經來不及。沈秋然突然反握地上的劍柄出鞘一橫劃。

這快又深的一劍，二師兄肚子馬上被切開，在大家都傻掉的這一刻，沈秋然跳向離他最近的費師兄，費師兄還來不及拔劍，已被刺中左肩，避無可避。

司京與三師兄立刻拔劍攻向沈秋然。

二師兄慘叫倒下，沈秋然接著以一敵三，很快將司京手臂劃出一道血痕，皮開肉綻，司京忍痛繼續與沈秋然博鬥。

沈秋然使出的劍法與銼劍堂所傳授的不同，甚至詭異，劍法看似凌亂，劍氣中卻氣律不斷，讓三人無法掌握。

沈秋然一個扭身，在費師兄右手上也劃上深深一道。

費師兄右手筋脈被劃斷，疼得掉落手中劍。

沈秋然不按理出招，竟然俯地一個螺旋劍，把圍著他的三個人，以劍氣掃退十步之外，然後筆直得站立在中央，將

劍握於身後，微微一冷笑，看著地上抱著肚子流血如柱的二師兄，沈秋然露出駭人的三白眼，「你們覺得你們三個人打得過我嗎？」

司京忍痛壓住傷口，到二師兄身邊，看二師兄臉色已及近死白，本來緊握自己被劃破的肚子，雙手漸漸無力，慢慢鬆開。

司京大罵：「沈秋然你這畜生‧！他是你師兄啊！」

沈秋然：「再不帶他去找大夫的話，就沒救了。」

費師兄也罵了出來：「有必要再多一條人命嗎？」

沈秋然：「有必要追我到這裏來嗎？」

三師兄看二師兄嘴唇已經沒有血色，司京和費師弟都受了傷，自己也打不過沈秋然，道：「帶二師兄去找大夫，再晚就來不及了！」

沈秋然居然道：「可以呀！打得過我再走。」

三師兄：「沈秋然，別再弄出人命，讓我們帶二師兄去找大夫。」

沈秋然：「你這是在求我嗎？」

三師兄竟一腳跪下，「二師兄快不行了，讓我們帶他去找大夫。」

司京大叫：「三師兄！」

沈秋然：「要跪就跪雙腳，讓我看到誠意。」

三師兄嘴裏狠狠一咬，跪下雙腳。

沈秋然：「我真不懂，師父明知你們打不過我，為什麼還要叫你們來？」說完舉劍再朝三師兄攻去。

三師兄擋掉沈秋然這一劍，同時叫道：「帶二師兄下山！」，繼續與沈秋然搏鬥。

司京抱起二師兄，自己受傷的手不斷滴血。

費師兄跟在司京身後，一起朝山下跑去。

司京受傷的手痛得不得了，還是咬牙忍住，將二師兄緊抱，不斷向前跑。

費師兄的肩膀與胸口不斷有血散開，終於支持不住，倒在地上，臉色越來越難看。

司京回頭見費師兄倒下，「費師兄！」大聲地叫出。

司京放下二師兄在地上，跑到費師兄身邊。

費師兄：「我跑不動了，你快帶二師兄下山。」

司京撕下自己身上的衣服，綁住費師兄的傷口，先幫他把血止住，「費師兄，你挺住！我把二師兄帶到大夫那裡就立刻回來！」再跑回二師兄身旁要將他抱起，忽然覺得二師兄一身鬆軟，兩眼見白，樣貌恐怖得讓司京嚇了一跳！伸手去按二師兄頸脈，更加緊張起來！再伸手去探他的呼吸，司京傻了！

費師兄使盡力氣道：「師弟，快帶二師兄走啊！你在幹什麼？」看司京還是原地不動，於是在地上硬拖著身體爬過來，見二師兄已經全身發白，嘴大開，「啊！」伸手去抓二

師兄的脈搏，難過地流下眼淚，慢慢在地上躺下，仰望著天空，讓自己盡情地流出眼淚。

費師兄為同門的生離死別難過了片刻，忽然眼睛一睜，「師弟，你快上去幫三師兄！」

司京還是看著地上的二師兄發楞。

費師兄大力得打了司京一個巴掌，司京才回過神來。

「快上去幫三師兄！」

司京站起來回頭往山上跑。

跑回了沈家祖墳，只見三師兄一人，他閉著眼將劍插在地上支撐著自己站立。

司京汗流浹背跑到三師兄面前，「三師兄！三師兄！」，看他一身血紅的劍傷，雙眼合閉，刺眼西陽打在他臉上，平靜得面無表情。

司京又叫了兩聲「三師兄！三師兄！」，伸手去搖三師兄，三師兄竟然倒下。

司京腦子再度一片空白，再探師兄的頸脈，司京又傻了！

過了許久，司京才回神痛心地哭了出來，跑進屋子裏看，沒人。

走出屋子撿起地上四把劍，自己的劍、二師兄的劍、三師兄的劍，費師兄的劍，將它們收件入鞘，含淚跪在三師兄

屍體前，磕頭拜了三下，走下山。

費師兄見司京慢步返回，手中還拿了四把劍，「三師兄呢？」，又問了一次「三師兄呢？」

司京面色沈重沒有說話，將費師兄慢慢扶起，攙扶走下山。

費師兄心中明白，一邊走，一邊哭了出來，心中的痛，遠遠超過身上的痛。

客棧，房裏。

司京坐在椅子上，費師兄半臥於床，二人身上都包紮了傷口。

店小二端了兩碗煎好的藥進來，放在桌上，「這是大夫開的藥，小心燙！」

天轉暗，房內沒有一點燭光，桌上的湯藥也已經涼透，好久，好久，司京才先開口，「你一個人在山路上的時候，都沒看到沈秋然和他的妻子？」

「沒有。」費師兄道，「他這麼精明，八成想到我們會在路上埋伏，由另一條路下山了。」

客房裏再度回歸寂靜。

二人一夜無法入睡。

（二）

司京正在屋裏寫信給荷浣劍主——侯在天。

侯在天在北派劍客中享有盛名十餘年，司京打算年底上北方找他切磋。

正好爹帶著小兒子從私塾回到家。

小兒子只有四歲半，慢慢走到司京身邊，「爹，我今天又學了五個字。」

司京把小兒子抱到腿上，「來，告訴爹今天學了哪五個字？」

司京的爹手裏提著一個紙袋，「今天那個賣鹹糕的又來市場了，我買了兩大塊，一會我們晚飯吃！」

司京的妻子走過來拿過紙袋，「爹，給我！您先歇會，要喝茶嗎？」

司京的爹：「不要了，我還不累！我去找司英回來。」

司京妻子笑著道：「讓她在隔壁再玩會兒吧！我才正要做飯。」轉身對司京道，「後天是師父忌日，帶隻雞去上香好不好？」

司京：「嗯，祭拜師父之後，我想上銼劍堂去看一下。」

十一年前，師父過世之後，司京就在銼劍堂附近租了一個房子，平時以授徒為生。兩年後司京母親過世，他便把父親與妻子接來同住。每年四處找劍術高手比武，自己在中原武林被封為「玄天劍──司京」。歷年來，自己的徒弟中，有八個在論劍壇脫穎而出被選入銼劍堂。

　　司京每年閉關兩個月，三個月在外與人比劍，過往六年來，十六勝，敗二。

　　司京進到銼劍堂，很多人見到他都叫他師兄。

　　走進『欲心觀』，費師兄見到司京便走過來，二人至銼劍堂外院閒談。

　　司京：「我剛才在師父墳上上香時，想到師父曾經說過，劍術的最高境界是劍心。這幾年來我四處找人比劍，雖是勝多敗少，可是越來越沒有當初的充實感，是不是我在劍心上無法突破？」

　　費師兄：「師父過世後，銼劍堂弟子裏屬你和六師兄、七師兄的劍術最高。六師兄這個劍癡，練劍練到走火入魔，最後失蹤。七師兄和你一樣，精益求精，過著窮苦的生活，到處找人比劍，其他的弟子們還好靠著師父留下的劍譜，讓

我們可以從劍譜中去鑽研。六師兄不練劍心，最後瘋了。七師兄練劍心，只憑師父其中一部遺作『泉心』，他練了八年還在練。這本『泉心』他帶在身上八年，跟著他雲遊四海，有三次他回到銼劍堂，我跟他說過要把『泉心』收回藏經閣，他總說還在看，之後再見他，我就沒好意思再跟他提起這事了，畢竟他是師兄。下次他回來，是時候再跟他提起，或許你可以和他討教劍心。」

「他去年打敗玉劍十二少之後聲名大噪，到現在沒人知道他在哪裏，不知道他什麼時候會再回來？」

「你放心，他一回來，我叫小松子立刻通知你。」

「嗯。」

「等一會兒師弟們練完劍，我帶他們去跟師父上香，接著就沒事了，是否方便我到府上我們喝幾杯？」

司京笑道：「你什麼時候來都方便，怎麼老是跟我這麼客氣呢！留下來吃晚飯吧，我讓賤內做幾道你喜歡的家鄉菜！」

費師兄露出笑臉，「有勞！」

司京拍了拍費師兄肩膀，怪他怎麼老對自己這麼多禮，有什麼樣的感情，比兩個師兄弟一起經歷過出生入死還更親呢！

費師兄快六十了，和不少銼劍堂的弟子一樣，一心投入

劍術，不知不覺人生就過了成家的階段。

費師兄總喜歡往司京家走，去感受家的感覺，他自己也不明白，為什麼進了司京家，心中感覺就那麼和祥、那麼好。

司京練劍和平常一樣，總是一個人在竹林中。

特別是練「旋天劍雨」，不到空曠的地方沒法練，因為「旋天劍雨」的威力極其強大；另一個原因，「旋天劍雨」乃『玄天劍法』中的第九式，『玄天劍法』不傳外人，不想輕易讓人看到。

司京揮劍使出「旋天劍雨」中的「雨點在心」，一劍斬斷八根青竹，然後站著發悶。

司京回憶劍譜上說的，這一式重意不重形，隨心所欲。心欲一劍斷十，可總是只能掃斷八根青竹。司京仰天長嘆，師父啊！我的問題到底出在哪裏？

小松子跑到竹林中找司京，這時的小松子都已經三十來歲！

「師弟！師弟！」小松子對司京叫道。

司京看到小松子，老嘆氣道：「師兄啊！你已經不是小孩子了，別老是這麼邋遢，把頭髮梳一梳，衣服髒了也洗一下，不要一直穿！」

小松子像是聽不見司京的話，「七師兄回來了！」

司京雙眼一亮，「喔！快走。」興奮地和小松子跑回銼劍堂。

七師兄慕語淩的身世很特別，他是翰林大學士慕水席之獨子，母親徐予啼是京城三大美女之一，京劇名伶徐翎桑的女兒，雙親都是名人。曾有一陣謠傳慕語淩的生父是富可敵國的船商夏水臨，這三角關系在中原一直讓人津津論道，但沒人知其真偽。

慕語淩平時寫得一手好字，師父在世時請他提筆寫了『藏書閣』三字匾額，至今仍掛在藏書閣大門上。

慕語淩剛進銼劍堂時，一身穿戴名貴，十一年後離開銼劍堂時，一身穿用簡樸，人情世故從劍道之禮，一名真正的劍客。據說他對母親非常孝順，每當回家探望母親時，對老人家服侍都是親力親為。京城中在他名下的房產過百，是母親幫他安置的產業。

司京的印象中，七師兄慕語淩在銼劍堂的時候和其他師兄們一樣，沒什麼特別的地方，時間久了，才漸漸感覺他慧根過人。

師父過世後，司京和六師兄朔恕、七師兄慕語淩，代表銼劍堂四處與人比劍，銼劍堂在武林中的地位，可說是他們三人維持下來的。可惜七年後，六師兄朔恕閉關半年後竟瘋了，在武林中消聲匿跡，銼劍堂曾派人出去找他，至今還找

劍
客

1
5
5

不到。

　　七師兄慕語淩獨身一人，沒有家累，在外比劍、行跡天涯，行蹤讓人難以捉摸，沒人知道他離開銼劍堂後，下次什麼時候會再回來。

　　司京和慕語淩在銼劍堂大院。

　　司京：「師兄，你最近又到哪些地方了？」

　　慕語淩：「去了南方幾個地方。以往都是找用劍之人切磋，最近也開始和其他兵器的人比試。」

　　「喔！怎麼會有這種念頭？」

　　「當代的劍客都比得差不多了，上一代的那些高手，不是隱居就已經往生，下一代的還沒成熟，你說不找別的比，還能幹什麼？」

　　「這樣子的話……和非用劍的人比試，那還算劍道嗎？」

　　「應該不算了，比的只是輸贏而已，很難學到新東西。」

　　司京聽了非常意外。

　　慕語淩：「我想這也是早晚的，不然沒出路了！」

　　「師兄！」司京口氣略微慎重起來，「我想跟您討教劍心，近來我和人比試之後，越來越沒有充實感，我想從劍心去尋求突破。」

慕語淩沈默了很久，道：「如果能得道劍心，將來找不找人比都不重要了！」

　　「此話怎說？」

　　「劍心練得不是劍，只有心，這是我練了六年之後才懂的東西。」

　　「你是說練劍練到最後不是劍！」

　　「嗯，已和劍無關。」

　　司京錯愕，「我是為了練劍才練劍心，這是怎麼回事？那…那我還需要練劍心嗎？」

　　「不練不行，不練則永遠無法領受劍道。」

　　「那我該怎麼練？」

　　慕語淩從身上掏出一本書給司京，司京一看，就是『泉心』！

　　「這本你拿去看吧！」

　　「師兄，您看完了？」

　　「我看了八年，看到都能背，還是不懂，你拿去看吧！看懂了再教我。」

　　「這…你都看不懂了，我還能懂嗎？」

　　「拿去看看吧！說不定你能比我早頓悟！」

　　司京一臉難為，過了許久，「師兄，武林中有誰懂劍心的？」

　　「懂的大有人在，我所知道的只有峨眉山的白眉道長聿

三戈，沙城城主莫英，江西瓜王承波安。」

「瓜王？」

「到後來沒再練劍，去賣瓜了，好像生意還不錯！」

司京非常驚訝，一般領悟劍心的人，可能要花上畢生的時間，他能夠練到參透劍心，竟然跑去賣瓜！「他是缺錢嗎？」

慕語淩知道司京在想什麼，「我跟你說了，劍心練到最後不是練劍。」

司京真是聽傻了！

慕語淩再道：「注意『泉心』這裏面所有的劍法，最後講的都是劍法背後的東西，隨著劍譜去練，不要想把它練好，只要把它練完。」

司京更加模糊，「如果我把它練好呢？」

「那你永遠練不成劍心。」

「師兄，我還不是很明白，我這樣是不是還不到練劍心的時候？」

「你能打敗武當郭太三和洗湘劍方宇和，也是時候練劍心了。記得師父在的時候，總是要我們蒙上眼來感受劍氣，由慢練起，練到手中的劍意能夠隨心所欲，練到你不想練。他像是在說禪一樣沒人能懂。原來師父說的沒錯！我看了『泉心』八年，才能懂上師父當年說的一點點。」

當晚司京看『泉心』看到天亮。

『泉心』中的招式，和師父所創的其它劍法比起來，沒有什麼特別之處。

七師兄說不要練好，只要練完，還有劍法背後的東西，究竟是什麼意思呢？『泉心』裏面的招式，我十天就可以練好，師父為什麼會用這麼普通的招式來練這麼深的東西？

司京三天後就把『泉心』放回藏書閣。

費師兄驚訝道：「練好了嗎？」

司京苦惱得很，「練好了，可是不懂。」

「那你再拿去多看一會，不必急著拿回來。」

「不用了，招式一般，我都記住了。」

費師兄不太懂司京的意思，但還是道：「慢慢來吧！師父他快六十歲的時候，才寫下『泉心』，不要急。」

司京到峨眉山找白眉道長聿三戈。

聿三戈一臉和氣，讓司京想起師父在世時那種祥和的神情。

司京有禮地向聿三戈請安，「銼劍堂司京特來向聿道長討教劍心。」

「司京…玄天劍司京？你現在紅遍大江南北，還來跟我討教呀！」聿三戈親切地笑著說。

「晚輩多年來一直無法參透劍心，望聿道長能指點晚

輩。」

「銼劍堂和峨嵋本是一家，你又這麼謙虛，你來找我，我很高興！」

「請賜教！」司京退三步，欲拔劍與聿道長過招。

聿道長楞了一下，「你想這樣學劍心？也是可以的。」，抽出自己的劍，「請！」

兩人過了幾招後，聿道長把對招的速度壓得越來越慢。

司京有些不耐煩，「聿道長，您這是……？」

聿道長：「懂了嗎？」

司京沒說話。

聿道長後退兩步，收件入鞘，「現在懂了嗎？」

司京一臉既尷尬又納悶。

「還不懂嗎？」聿道長再拔出劍，「再接招吧！」朝司京刺去。

這下聿道長出招愈打愈快，司京愈打愈起勁。

聿道長在過招中連聲叫好。

過了三十幾招，聿道長見司京越打越開心，忽然一下收劍後退三步，「你還不到五十歲，劍術竟然可以這麼好，武林中給你的排名，真非浪得虛名。現在懂了嗎？」

司京的臉色更難看。

聿道長：「沒關系！」親切的說，「你最厲害的是哪一招？」

司京：「我最拿手的是玄天劍第二十一式『旋天雨』。」

聿道長：「你一生最痛苦的是什麼事？」

司京楞住，聿道長竟然會問這種事！慢慢道出：「我大哥過世。」

「那就以你大哥過世時的心情使出『旋天雨』向我攻過來。」

司京真是傻了！

聿道長：「等你準備好了再出招。」

司京開始回想大哥和大師兄被沈秋然謀害的往事，還聯想到為了抓回沈秋然，整個銼劍堂所付出的人命與代價，甚至想到師父過世，又想到自己不聽大哥的話，好管閒事而惹出的麻煩，頓時心痛地閉上雙眼，強止淚水。

聿道長見司京傷痛的情緒累積到了最高點，於是大喊，「準備好了沒有？」

司京回喊：「好了！」

聿道長仍喊著：「好了就出招，還等什麼？」

司京大叫：「旋天雨威力非同小可，聿道長接招了！」

「來啊！我一生中什麼沒見過！」

司京把傷痛的一股爆發力，激化在劍氣之中，大聲一叫，朝聿道長飛去，劍氣之強，威力之大。

聿道長把劍插在地上，氣聚丹田，耐心等待司京漸漸逼

近，看出旋天雨的破綻，俯地回身，避開司京的劍同時踢中司京的肩膀。

司京肩膀痛得發麻掉下手中的劍，整個人跌在地上，灰頭土臉。

聿道長跑過來扶起司京，興奮得說：「懂了嗎？」

司京暈頭轉向，被聿道長扶起來後，還站不穩。

過了好一會兒，司京才回神，「前輩，你是當今第二個破我旋天雨的人！」

「這不重要，懂了嗎？」

「我⋯⋯我沒事！」

「你心裏感覺怎樣？」

「晚輩敗得心服口服。」

「我不要聽那些狗屁客套的東西，你心裏到底感覺怎樣？」

「我敗了。」

「還有呢？」

「我會再努力。」

聿道長失望地搖頭，「我不是個好老師，我教不了你。」

「聿道長，我不懂你的意思？」

「沒關系！沒關系！」聿道長心平氣和地說，「或許機緣未到，你過幾年再來找我。」

「聿道長，我………」

聿道長露出原本和詳的神態，「走，我送你！」

司京在馬背上，往下山的路上。

好久沒這麼沮喪，是不是我跟這些一代宗師的程度還相差太遠？

我本來就不聰明，今天的成績是靠自己努力，而非天生的，或許練不成劍心是應該的。

司京下了峨眉山，回到家中整整三天沒開過口，家裏打點了一下，第二天即又上路，他要去找江西瓜王承波安。

一路上越想越難過，同時反覆想著『泉心』的招式，越想越不透，甚至想到自己是不是應該調頭回家，好好閉關一陣子再去找江西瓜王？

一路騎馬經過一個山谷，山谷內有一大湖，正當夕陽西下，藍天在一下之間轉成橘紅，山谷後面另一半的天空蛻變為紫藍，湖上的反光閃出點點金黃，當下身在山谷其中，被這奇景環繞。

這人生難能一見的美景，為什麼內心沒有一絲美好或是讚嘆？是不是自己已被追求劍心扭化？

劍心有這麼重要嗎？

我追求劍心為的是什麼？

一路上司京沒有一點食欲。

終於到了江西。

好不容易打聽到瓜王承波安的攤子。

承波安的攤子離市中鬧區有一段距離，攤位不大，人潮不多，但人源不斷。

看到瓜王的攤子，司京慢慢走近，看到承波安和他的娘子正在賣絲瓜，面對買瓜的顧客們口齒伶俐，賣得很認真。而承波安的娘子怎麼………一身看去……就像個菜市販子，而承波安自己…不會吧！他就是一代宗師，劍客承波安？

司京怕找錯人，先到對面的攤子問了一下，「請問賣瓜的承波安是哪個攤子？」

「就對面那個。」老板指著對面的承波安。

「多謝！」真的就是他！

以承波安的名氣，開館授徒賺的一定比擺攤子多，還受人敬重，何必沈落市集，還跟買菜的婦道人家為了半毛錢沒完沒了，他到底是出了什麼事？

「承老板！」司京非常客氣，非常有禮得拱手道。

承波安笑得很開心，「您好！您好！今天的絲瓜很鮮，早上我親自摘的，密瓜也不錯，我自己吃過，您多買幾個，我算便宜點給你。」

一身髒亂，帶有市井之氣，司京到現在還不相信眼前的人就是承波安。

　　司京：「請問您是江西瓜王承波安？」

　　「嘿，是啊！我的瓜很多人都說好，還有人特地從東城過來買的，要不來兩條絲瓜嚐嚐？」

　　「您真的是江西瓜王承波安？」司京又問了一次，想好好確認。

　　「是啊！這一帶賣瓜的只有我姓承，就我這一攤，您是誰介紹來的？我給您個好價錢。」

　　司京再次禮貌拱手，「在下鉵劍堂司京，特來向承師父討教劍法。」

　　承波安馬上收起笑臉，極為尊重得拱手回禮，「久仰！久仰！我現在走不開，可否請您午時過後至南城外郊舍下。」

　　司京：「謝承師父！午時過後，晚輩再登門拜訪。」

　　承波安：「請！」

　　司京：「請！」

　　一過午時，司京出了南城，打聽了一下，很快就找到承波安的住處。

　　承波安的房子就在農田旁，大門沒關。

　　司京在大門外，看到承波安已經梳洗，換上一身乾淨衣

服，一下子完全沒了市集攤販的生意味道，很慎重地等候司京到來，「司師父，請進！」

司京拱手行禮，「承師父！」

承波安拱手回禮，「請進，請上座！」

司京踏入門一看，承波安家內非常純樸、整潔，和攤位的環境截然不同。

兩人坐在廳中的飯桌，承波安的妻子端上一壺熱茶，和司京行禮後馬上退出大廳。

承波安：「銼劍堂威名我早已久仰，司師父的大名也有所聞，今日有幸能與司師父相見，在下甚感榮幸！」

司京：「晚輩欲向承師父請教劍心，請承師父指點。」

「不敢，司師父太客氣了！對於劍心，我現在還在練。」

「我練劍心是依先師所留下的劍譜，可是一直沒有進展，不知承師父練劍心是用什麼劍法？」

「我練劍心不用劍，我靠在市集擺攤賣瓜來練。」

他不是在跟我開玩笑就是瘋了！應該是瘋了！「以承師父在武林的地位，要開館授徒必威名興旺，何必屈就於市集以賣瓜為生？」

「這也是機緣巧合，但話說回來，不管練什麼，都必須經歷出世，再入世的階段，我投身市集賣瓜之後，才在劍心上找到明路。」

瘋了，瘋了，他真的瘋了！「這賣瓜每日做的都是與顧客討價還價，練的是生意之道，與劍心何干？」司京打開雙手，略有激動。

　　「討價還價，還有種瓜，事情可多了，一到旺季根本沒時間練劍，這才把劍心慢慢練出來。」

　　司京非常失望，礙於禮節得體，否則真想立刻走出大門。

　　承波安見司京顏情郁悶，再道：「司師父，我這麼說好了，我練劍心的方法是找到和劍無關的事做，時間一久，才能將本心去空，一如回到童心，我是這樣找到劍心的。」

　　「既然已經找到劍心，何須再以賣瓜為生？」

　　「維持生活清苦、單純，才能維持一名劍客的劍法精進。若是開館授徒也或行走江湖，在名利和受人敬重的生活中，雜務可是比賣瓜多得太多，心靈很快不再存粹，劍道很快就不再單純。要分清劍客、劍師、劍俠。再者，賣瓜的生活讓我遠離劍術，我的劍心才能持續精進。賣瓜讓我可不以賣弄劍術而生，無需牽掛名利與江湖地位，單純為劍而練劍；成為一名劍客，內心可以不被劍客所不得已的累贅牽絆，豈不幸福？試問，當今投身劍術之人，走得長遠的，有誰不被地位與自尊糾結，有誰不為以劍術生存而仍保有當初練劍的赤心？

　　劍道的路很多，我的路可能只適合我走，司師父見笑了！」

「關於劍心，承師父可否給晚輩指點明路？」

「不敢！」承波安謙虛得笑起來，「請司師父到大院與在下切磋幾招。」

兩人走到大院，先行劍客禮，即開始過招。

過招之間，承波安的劍法真是好呀！司京興奮起來，猶如重獲生命新力，心裏終於開朗起來！

承波安緩緩停了下來，「司師父，您這個年紀有這種劍術，令承某料想不到呀！銼劍堂能在武林中有一席之地，絕非浪得虛名！司師父，您真的想學劍心？」

「是。」

「好，接下來我會以畢生所學之劍術，奪取司師父性命。」

司京臉色大變！

「司師父，我來了！」承波安出招快又狠，刺出的劍招氣勢淩人又五花繚亂，逼得司京不得不全力以赴。

司京邊打邊道：「承師父，有必要這樣嗎？」

「你不是想學劍心嗎？」

「我是想學劍心，但不是要拼命啊！」

承波安真的如同非殺了司京似的，司京身上被刺中一劍，血柱併出，「承師父，你這………！」，他真瘋了！

承波安一直不留餘地攻過來，司京伸出手掌對著承

波安急道：「夠了！夠了！承師父，我們無冤無仇，不要………」

承波安不理會司京，對司京招招斃命。

司京為了保命，只好使出絕學玄天劍第二式「斜雨穿葉」。

承波安一看，大叫道：「好！」把劍放下，雙手使出太極八卦掌，瞬間奪下司京手中的劍，抓住他的手腕，往旁邊一甩，把司京的身體甩向大院旁的磚牆，撞出一個大洞，司京整個人跌到牆外。

承波安蹲下馬步收氣，趕緊跑出大門到牆外，把壓在司京身上的紅磚撥開，將他扶起來，司京像喝得七分醉一樣，站都站不穩，頭眼昏花。

承波安扶著司京，「進來坐一會，先歇一會再打！」

「不打了！不打了！快撞死了。」司京的頭還像陀螺一樣旋轉著。

司京被承波安扶近屋內，過了好久腦子才清醒。

承波安：「你最後出招的時候想的是什麼？」

司京：「保命。」

「撞出牆的時候想的是什麼？」

「惜命。」

「唉！還差那麼一步。」

司京心想，他真的是瘋了，拿起劍，「謝承師父賜教！在下先告辭。」轉身離開。

「喂！留下來吃了飯再走啊！」

司京生怕承波安會追上來再打，加快腳步走出大門。

「有空再來坐啊！喂！……」承波安朝司京喊著。

司京心中暗道：我還跟你一塊瘋嗎？還來坐！

司京在客棧躺了兩天。

還好我身骨子硬朗，不然骨頭都被他撞散了！

兩天後，司京恢復元氣，再朝湖北上路，去拜訪沙城城主莫英。

一路上，司京心裏一直罵著：瓜王！瓜王！他根本就是瘋子，這麼高的武藝不開館授徒，不四處比劍精進自己的劍術，卻住在農村賣瓜，他根本就想殺了我！

數日後，司京平靜下來。

不過他和聿道長卻有相似之處，都非常謙卑，武功已達到絕世高人的程度，竟能「空手」接下玄天劍法，不可思議啊！兩個人講話都讓人似懂非懂，練成劍心之後都會像他們那樣的話，那還是別練了，沙城城主莫英如果也這樣子的話，那真的就別練了，高人的境界太高，不是一般人能懂，到時候徒弟們把我也當成一個瘋子就糟了！

沙城在湖北野郊之外，這個地方遍地黃沙，環繞著一個九百多人的小城，難怪叫沙城。

司京一進沙城就被人盯著看，這裏除了平時做買賣的熟人進入，根本不會有其他人到沙城來。

沙城內只有一間小客棧「沙塵客棧」，主要以經營堂食酒菜為主，偶爾有生意販子投宿。司京投宿後問客棧掌櫃，「在哪裏能找到沙城城主？」

「他到外面批米去了，過兩天才回來。」

「批米？」

「是啊！城裏的十一家米行都是他的，米快賣完的時候他就要到外面批米，我們這裏沒田，能出產的農作物不多。」

司京楞住，怎麼也不務正業做起生意來了！不過……他既然是城主，可能有他的理由。

「請問城主他開館授徒嗎？」

「開什麼館？」

司京又楞了一下，道：「開武館、劍館！」

「沒有呀！」

「你們城主是武林中有名的劍客，你不知道嗎？」

「好像聽說過他懂劍，不過我又不是武林中人，這方面我不知道。」

「他平時不練劍嗎？」

「我沒見過，他管理這沙城和城裏的一些事就夠忙了，沒見過他練劍，他懂劍倒是聽過，他年輕的時候出城好幾年去拜師，回來之後就沒聽過他練什麼劍。」

難道是為了管理這個小城，荒廢了劍術？

「莫城主他多大年紀了？」

「大概六十五上下。」

「那他平時為人如何？」

「人非常好，很得城中人敬重，老城主走了之後，他在

城中蓋了六所私塾，十二歲以下的孩子都不收學費，三十歲以下要赴京趕考的人，他還給路費。東城外有一片土地種了很多豆子，每年豆子賣到外地的好價錢都是他爭取來了，為了這個小城，做了不少事。」

「城主他如此重視文昌，那對於『武學』這方面呢？」

「二十年前常有土匪來襲，那段時間他請來外面的弓箭師教我們練射自衛，到後來他請官府出兵，把土匪滅了，大夥兒就沒再練弓箭了。」

「都沒請人來教劍術嗎？」

「沒有。」

「印象中有人向他提過要文武並重，他好像說什麼先把讀書、農業和豆子的生意做好，再一步一步來。」

「他都沒提到練劍嗎？」

「沒有。」

司京心想，怎麼可能呢！

「客倌，您住幾天？」

「我和城主見一面，第二天就走。」

「好，那城主回來我告訴你。」

「有勞掌櫃！」

「別客氣！」

司京出了客棧四處走走。

非常訝異的，這城中的文藝氣息極為濃厚，越往城內，越見更多的書畫字攤，還看見很多房子的門窗都有雕刻，而且雕功非常細膩，更有幾戶人家，傳來器樂演奏聲。想不到這城中別有洞天，竟有他們自己的時尚。

　　夕下，很多商家開始打烊，每間店鋪都不大，不少字畫鋪子的商家正把店鋪門口掛的字畫收下。

　　「老板！」司京問，「這些字畫都是你們沙城人畫的嗎？」

　　「都有，有些是外地的。」

　　「想不到小小沙城，竟有不少字畫家！」

　　「十幾年前城主請了一批字畫家來城內教字畫。」

　　「沙城如此別樹一格，怎麼都沒人來這裡旅遊呢？」

　　「城主說時候未到，旅遊的人一進來，三教九流的生意很快就會把城中的風氣搞壞，等到沙城自己的人文與德風都穩固了，才會開放外人來旅遊。」

　　「那要等到什麼時候呢？」

　　「三代，城主說要三代。」

　　「什麼！」

　　「等到第三代。城主的計劃是先把人文與修養做好，在農業方面能做到自給自足，再搞商業。不做到自給自足的話，將來沙城吃飯都要看人臉色。」

　　司京非常驚訝，一個劍術一代宗師，對沙城的建設計劃

可以看得如此長遠。「這麼長遠的計劃，不斷錯過商機，沒人反對嗎？」

「有，當然有。不過都被贊同的人給打了。」

「打了！」

「是啊！十幾年前沙城裏的人不是這麼斯文的，大家都是艱苦求生的粗人。」

「那沙城當下如何做到自給自足呢？」

「開發稻田和麥田。我們現在已經有麥田了，稻田還在開發當中，當初老城主帶大家到沙城的時候，發現這裏的土質適合種豆，就大力投入種豆，可是忽略了自給自足，常常得跟人買米還要看人臉色。老城主過世後，他的兒子有長遠計劃，為了開闢稻田，引進新的水源，一開始大家配合得很辛苦，過得很忍耐，可是稻田明年即將開闢完成，秋天就可以收割，大家看到城主當初的苦心，我們現在對將來也更有信心了。」

司京見這字畫店老板和客棧老板，左一句城主，右一句城主，每個人對沙城城主都非常尊重，而且對建城的計劃都非常清楚，能夠把建設的信念與計劃深植民心，他是怎麼做到的？

司京再問：「難道沒有外人想來沙城做生意嗎？」

「當然有！可是城主為了堅持信念都一一婉拒，後來他們要求只在城外，不入城內，城主還是很客氣得請他們離開

了。那陣子有人造謠，說城主是要一人獨霸沙城的生意，城主說當下以農為主，不然以後買米還是要看人臉色，不管造謠的人怎麼鬧，城主就是不理。最後鬧得有一百多人離開沙城，城主不再解釋，只說走了就別再回來。兩年後其中七十二個人要回來，城主堅決不讓他們進城。

有人說城主不仁，城主說不是他不仁，今天有人要走，明天有人要回來，他們的心根本不在沙城，這樣子的沙城，大家怎麼團結？他們兩年前走了，這兩年沙城有的成就，他們當初沒跟大家一起努力，就不能回來享有別人辛苦建立的成果。今天我破例開了城門，就變成了我這個人言而無信。理由是因情況而產生的，藉口是隨人造出來的，不要把藉口當成理由。城主和往常一樣，只說一次就不再理人。又有人開始說城主高傲，他說他不是高傲，是嚴厲。沙城正在發展，正在蒸蒸日上的階段，非嚴厲不可，否則朝夕令改，則一事無成。

天色近暗，司京走到東城外，看見耕作的人們陸續回到城內，約有四百多人。

四百多人分批入城，井井有序，先是種豆的農夫入城，再來輪到種麥，再來是種菜，六成的農民以種豆居多。

司京見這景象，對沙城城主多了一份敬重，此人是一位有能力的政治家！

兩天後，沙城城主返城，司京登門拜訪。

城主莫英給司京的感覺是兩眼有神，謙虛、隨和。

「銼劍堂司京特來向城主討教劍法，請城主賜教！」

莫英親切得向前走來，「司師父遠道而來，有失遠迎！我剛回城，仍有事要辦，請司師父今夜留在寒舍過夜，稍會一同晚膳，明日我們再長談劍術。」

晚膳時，同桌有莫英的老母親，莫英的夫人和三個兒子，桌上的菜多，可都是簡單的食材，醬豆、絲瓜、青菜、豬肉、絲瓜湯，無酒。

莫英：「我在三十多年前和銼劍堂堂主有三面之緣，他老人家過世，我都不知道，記憶中堂主他不單劍術奇高，涵養也很高。」

「莫城主見過我師父？」

莫英點頭，「第一次是向他討教劍法，第二次向他討教劍意，第三次向他討教劍心。」

「不瞞城主，此次晚輩來，正想向城主討教劍心。」

莫英露詫異之色，「難道現在銼劍堂沒人傳授劍心？」

司京感嘆地搖頭，「沒有了！懂劍心的大師兄走的比師父還早，師父留下那一本關於劍心的『泉心』劍譜，沒人看得懂。」

莫英嘆口氣，「真可惜呀！當年你師父點化我劍心之

道，讓我受益非淺，當下鉏劍堂竟已無人可以傳授劍心。」再道，「你師父曾對我不吝相授，明日我必揭盡所能，知無不言。」

「司京謝過莫城主！」

飯後，莫英道：「我三子中只有二子習劍，請司師父指點。」

司京：「莫城主，您當今的劍術在武林中地位之高，竟然只教一個兒子學劍。」

莫英笑笑，「大子好字畫，三子好詩詞，我隨他們自己興趣。」

司京睜大眼，「那多可惜呀！」

「不會可惜！他們可以做自己想做的，快樂更重要。」

「想不到當今天下有莫城主這般通達的父親。」

莫英二兒子和司京過了幾招之後，莫英隨道：「請司師父賜教！」

司京：「請問二公子貴庚？」

莫英：「十九。」

司京：「竟如此年輕！以他的劍術在當今武林之中，已可展頭露面，他日在劍術上的成就，可能在我之上啊！有個名師的父親可以隨時在身旁教導，就是不一樣！」

莫英二兒子謙虛地對司京道：「請司師父指點。」

司京：「敢問你剛才所用的是什麼劍法？」

「是我父親教的嶺南劍法。」

「原來如此！嶺南派的劍法我不熟，就劍意來說，是否可以嘗試在『點』上加強，每招每式呈現出它的『點』。」

莫英在一旁不斷點頭贊同。

「我還是不太明白。」二子說。

「這麼說吧！我們說話的每一個句子中都有陰陽頓挫，有律動，不能忽快忽慢，你用心去體會每一招、每一式的律動。你先想想，我們再試一次。

莫英二兒子想了一下，再和司京過招，沒一會兒停下來，開心道：「我懂了！我的劍法現在一下變得好輕鬆，威力亦增大了，多謝司師父！」

莫英在一旁開心大笑，「太好了！我從來沒想過可以用說話的陰陽頓挫和律動來比喻給他聽，太好了！看來司師父您的徒弟非常有福氣！」可是莫英很快納悶起來，「司師父，看你的劍法如此精湛，已經到了這個境界，還有必要來找我學劍心嗎？」

司京：「唉！我就是無法參透劍心呀！」

莫英微微點頭，心想：可能就是他劍法太高了！

天剛亮，有人到司京房門外敲門，「司師父，城主請您

帶劍到前院找他。」

「我就來。」司京趕快起床，洗了臉。

現在就要教我劍心嗎？不先吃早飯？

司京快步走到前院，不敢讓城主久等。

「莫城主，早！」司京拱手行禮。

莫英：「我以沙城城主和嶺南劍第十二代傳人的身份向你宣戰，直到你說出來此的真正目的！」說完立刻拔劍刺向司京。

莫英來勢洶洶，司京立即抽劍抵擋，心中莫名其妙，昨晚不是還好好的？一邊接招一邊大聲道：「想必這其中必有誤會………」

「莫辯！我今日非取你性命，使出你拿手絕活吧！」

司京怕越打誤會越深，邊打邊退，找機會想跑。

莫英看出司京想跑的意圖，更是加快招式，司京好幾次差點被刺中喉心。

司京接了幾次險招，開始有了些脾氣，「別怪我了！你這般不明事理，咄咄逼人！」

情急之下，司京跳上牆面，雙腳蹬力朝莫英彈去，使出玄天劍第三式「狂風暴雨」。

莫英把劍收於身後，左手以指代劍，在司京狂劍逼近的時候找出空隙，劍指刺中司京下喉。

司京摔到地上，劍一鬆手，握住喉部，一臉發白咳嗽

不止。

「就這幾下想要收拾老夫嗎？再來！」

司京看莫英又出劍進攻，忍住疼痛，握起地上的劍，再度跳上墻以雙腿借力彈向莫英，使出玄天劍威力最大的第九式「狂雨穿葉」，整個身體呈似一條水柱刺向莫英。

莫英將劍指司京的劍尖，兩劍相觸，莫英以極快的速度轉身，踢中司京肋骨的穴位。

司京銳氣的身型在空中立刻被踢散，又摔在地，全身麻痹無法站起。

莫英走過來，把劍指在司京面前三寸，隨時可奪他性命。

司京想，這怎麼可能呢？「狂雨穿葉」的氣勢與速度，了不起只能避開，竟還有人能破！

莫英大叫：「綁起來！」

司京被莫英的下人綁起，綁在一根大木條上，周圍堆滿雜草和樹枝。

莫英拿著一根火把來到他面前，道：「照沙城律例，奸細必以火刑處死，你還有什麼話說？」

司京緊張得大叫出來：「我不是奸細啊！你們這些練了劍心的人怎麼一個個都瘋了！我練什麼劍呢！到頭來碰都到瘋子。要是把劍心練成，我八成也瘋了！」

莫英：「還有呢？」

「冤枉啊！真是天大的冤枉啊！我根本不是奸細！」

莫英搖頭嘆氣，將火把丟入雜草中，火焰蔓延，司京身邊的火勢慢慢燒近。

司京在火中自言自語道：「爹，我為了做一名劍客，沒好好服侍妳，原諒孩兒不孝吧！我先去見娘了。娘子，孩子們，我先走一步，咱們家一向沒什麼積蓄，妳要是覺得辛苦就再嫁吧！我不會怪妳的，司家列祖列宗那邊我會去說的。唉！我真後悔學劍………」說完流下眼淚。

等火勢燒到司京雙腳，忽然有幾桶水潑上來，把火全部澆滅。

莫英親自上前來幫司京松綁，「司師父，恭喜你！你已經練成劍心了。」

「啊！」司京張大著嘴，依然一臉淚水沒回過神來。

莫英：「已準備好新衣和熱水讓你梳洗。」

司京覺得自己剛剛撿回一條命，等一下洗澡的時候必得趁機逃走，留在這邊早晚讓莫英玩死。

莫英：「其實劍心在於心，而非於劍。把劍放下，一如把心放下，才能有新的心。」

司京顫抖道：「你開玩笑吧！」

「你一生把劍抓得太緊，不把老心打散摧毀，怎麼能夠把劍鬆開，有新的心呢？」

「你直接告訴我要『放下』不就好了嗎？」

「放下不是口頭上和心理上想就能做到，必須『經

歷』，你的心才能做到。」

「你怎麼不先告訴我呢？我差點被你嚇死啊！」

「先告訴你的話就沒效了！你剛才能放下劍，放下劍的一切，想到和劍無關的事，表示你真的放下了，劍已不是你生命中最重要的東西。

先去梳洗，我們一起用早膳！」

莫英的管家道：「司師父，這邊請！」，領司京到浴房。

司京泡在木桶中，手還發抖著，腦子一片空白，過了許久，身心才稍微安定。

難怪七師兄說要回到童心，原來他早已練成了，為什麼不教我呢？

莫英說劍心是練心，有「經歷」才能改變，才能放下，難不成七師兄是要讓我去「經歷」？

聿道長和江西瓜王把我打得差點出了人命，再問我感覺到什麼，他們的方法不同，其實目的是一樣，要我從經歷生死的瞬間去體會而改變，否則人在遇到困境時，會靠著本能頑強的生命力去掙紮，不放手，不妥協，不服輸，永遠放不下。

當放下了之後，江西瓜王以從事賣瓜來和劍保持距離，莫城主以管理沙城來和劍保持距離，維持劍「心」。

學劍學到最後是要能將劍放下，不斷地放下，讓人意想

不到啊！

司京走出浴房，管家再將他領到膳房。

莫英一家人正等他一起用早膳，司京激動向前跪下一腳，「感激莫城主苦心，這份恩情，司京一生難忘！」

莫英上前拉起司京，「好說！好說！當年銼劍堂堂主教我的東西，我再還給銼劍堂弟子，理應如此。來，我們用飯。」

司京回到家，花比以往更多的時間陪同家人。很奇怪！劍練的少了，劍法反而大大精進，更可以隨心所欲。

這麼多年在劍道上，終於又開了一扇門。

抓太緊反而做不好，能夠放下，學會觀己觀心，隨波逐流至水到渠成，雖然過程無法預測，但沒多久它便成了。

二十年前司京從沙城回來後，劍法不斷地自我層層突破，二十年過去，竟未逢敵手，名聲在武林中不斷昇噪，來拜師學劍的人越來越多，只好另租房舍，另立劍堂，取名「復劍堂」，為的是紀念二十年前能將劍放下，再度回復劍道。

　　「復劍堂」幾乎與「銼劍堂」齊名，歷年來弟子增至近千。武林人士倘若聽到是出自「復劍堂」的劍客，都會敬重三分。亦有不少劍客到「復劍堂」找司京切磋，比試之後便留在「復劍堂」成為司京的弟子。

　　司京六十七歲時，成為中原武林南北兩大劍派的北派盟主。當時武林劍壇人稱南寧、北司。南指「皓免堂」寧玉軒，北指「復劍堂」司京。

　　劍客洛渙，人稱浪子洛渙。

　　洛渙帶著妻子，妻子手中抱著不到一歲的襁褓，一家三口來到復劍堂。

　　洛渙站在復劍堂大門口，妻子抱著孩子跟在洛渙身後。

復劍堂的弟子見洛渙一身粗燥，腳穿草鞋，似是來要飯的，「你有什麼事嗎？」

洛渙：「我找司京。」

「你是來投靠師父的遠親是嗎？」

「不是，我來向司京討教劍法。」

復劍堂弟子心想，怎麼要找師父討教也不穿乾淨一點，對師父真不尊重！於是皺眉頭道：「你知道復劍堂是什麼地方嗎？」

「我知道。」

「你知道復劍堂不是一般的劍堂嗎？」

「我知。」

「閣下大名？」

「浪子洛渙。」

沒聽過呀！「你等等！」

沒多久復劍堂另一個輩份較大的弟子出來。

「洛師父，家師不在，我請復劍堂第一代弟子孔祥余與您切磋可好？」

「不必浪費時間了，請司師父親自來吧！」洛渙說。

另一位復劍堂弟子：「好大的口氣呀！現在是你求我們比劍，我們還不一定要跟你比呢！」

「師弟，不可無禮！」轉向洛渙，「洛師父，家師不

在，不然您擇日再來。」

洛渙不太高興，「不必拐彎抹角，請司京出來，我剛剛踢了兩家劍館，他們要我留下來教他們劍術，我都嫌他們資質太差！」

「洛師父，家師真的不在，請您明日再來吧！」

洛渙銳利的眼神瞪著他，「那就找你們劍術最高的出來，讓我露兩手給你們看，不要再廢話了！」

洛渙踏進復劍堂，他的妻子跟在後面。

「喂！你不能亂闖呀！」

輩份較大的弟子說：「算啦！不知天高地厚的年輕人太多了，請四師兄出來會會他。」

復劍堂大院，弟子們站立兩旁。

孔祥余拱手，「在下復劍堂第一代四弟子孔祥余。」

「北泊劍，浪子洛渙。」

「北泊劍……」孔祥余道，「冼人祥是你什麼人？」

「師祖。」

「原來如此。」

「不必浪費時間了，來吧！」

過了七招，洛渙的劍停在孔祥余眉心。

孔祥余啞口無言。

洛渙：「可以請司京出來了嗎？」

另一個復劍堂弟子走出來，「在下復劍堂第一代二弟子阮庶安，請賜教！」

洛渙只用五招便打敗阮庶安。

「可以請司京出來了嗎？」洛渙道。

「在下復劍堂第二代大弟子吳三聚，請賜……」

洛渙嘆了口氣，大聲道：「要比的一起出來，我不想浪費時間！」

「你太囂張了！」不少弟子道，「一點家教都沒有！」

洛渙強忍胸口怒火，再大聲道：「我是孤兒，不懂家教，要比的一起上！」

一下子站出了六、七個弟子，都拔劍出鞘。

大師兄大喊道：「不得無禮，退下！」，轉向洛渙，「在下復劍堂二代大弟子吳三聚，你打敗我，就請師父來。」

洛渙：「我三招敗你。」

吳三聚在第二招就被洛渙的劍指咽喉，不得動彈。

洛渙瞪了吳三聚一下，收劍於後背，站在原地不說話。

兩旁的弟子們都看呆了！

吳三聚一臉難堪地收劍入鞘，「簡師弟，去請師父過來。」然後有禮貌的對洛渙說：「師父不在劍堂，在他老人家家裡，現在就請他過來，請入內用茶稍候。」抬手請洛渙

往內堂走。

洛渙和妻子坐在復劍堂內廳，吳三聚親自為他們上茶。

洛渙妻子懷中的兒子哭了起來，「他肚子餓了！」妻子道。

洛渙對妻子道：「再忍一下。」要妻子等他比完劍以後再出去餵奶。

吳三聚：「堂內有一間書房，現在無人使用，大嫂可帶孩子進去。」

洛渙見孩子哭聲刺耳，對吳三聚點了頭。

「夫人請隨我來。」吳三聚帶洛渙妻子到書房，再回到內廳在洛渙對面坐下。

洛渙態度一下好了不少，「我以為你們騙我司師父不在。」

吳三聚笑笑，「不打緊！只是誤會一場。」

「想不到復劍堂的弟子除了劍法比其他劍館高，修養也比其他劍館好。」

雙方氣氛緩和很多。

「讓洛師父見笑了」！吳三聚道，「剛才聽洛師父說北泊劍冼人祥是您師祖？」

「是。」

「北泊劍在武林中已有多年未聞聲跡，這是怎麼回

事？」

「唉！說來話長，既然是你問，我就告訴你。師祖當年在武林中正當如日中天，竟染上肺癆，平時一整套劍法都無法練完。師祖平時授徒都以口述，並無筆撰，他的大弟子為得衣缽，整天逼他寫下未傳的三套劍法，寫完後第二日即仙逝。眾弟子見到師祖的遺囑中，把最後的三套劍法全部留給二弟子，大弟子知道後立即翻臉，發誓今生不再練北泊劍，而二弟子下面另有七個弟子，整天勾心鬥角，非得這三套劍法不可，二弟子看他們互勾心機，甚至對他以死相逼，鬧得二弟子受不了，深夜中帶上劍譜暗自出走，沒人知道他的去向。從此北泊派群龍無首，鬧得越來越不像話，便不復存在。」

「見洛師父的北泊劍法奇高，想必您就是冼人祥二弟子傳人，當今北泊劍的唯一嫡子。」

洛渙點頭，「我是師祖二弟子的唯一傳人，他也是我的養父。」

「北泊劍二弟子既得真傳，為何不在武林中露臉，發揚北泊劍法呢？」

「我養父他這個人的個性就是不喜歡和人爭，他把劍法傳授給我，認為北泊劍法有後，對得起師父了，便不再碰劍！」

「真是可惜啊！你師祖既然只把衣缽留給你養父一人，

想必他在所有徒弟中，必有過人之處。」

洛渙感嘆地搖頭，「他每日下鋤，睡前小飲，平時除了教我劍法之外，只說說歷史和唐詩宋詞，實是可惜！他是有能力在武林中闖出一片天的人。」

「他現在這樣不食人間煙火，自得其樂，也是人生一大快事。」

「他⋯去年走了。」

「啊！真是失禮。」

洛渙的妻子抱著孩子走回來，孩子已不再哭鬧。

吳三聚馬上再斟茶，「夫人，請用茶！」

洛渙妻子微微點頭不敢出聲，低頭坐下。

「洛師父，您可想過開館授徒，您劍法不同一般人，他日必桃李天下。」

「可是我現在默默無名，對開館也沒興趣，只想先在武林中闖出名聲，受人敬重再說。」

「嗯，這也是一條路。」

洛渙和吳三聚又聊了不少劍法，兩人聊得幾乎停不下來，不亦樂乎。

司京走入復劍堂。

吳三聚見師父進來，馬上起身向師父行禮，「師父，這位是北泊劍的唯一嫡傳弟子洛渙和他妻內。」

司京在來復劍堂的路上，已經聽弟子說了洛渙一大堆壞話，又見他本人一身打扮粗俗，還帶著妻小如同要飯，心中更生不滿。

洛渙對司京行禮，「在下北泊劍浪子洛渙，請司師父賜教！」

司京見洛渙的妻子鄉下人不懂禮數，依然抱著孩子坐著，不起身行禮，雖心中不悅，但保持著禮節，「我和冼人祥曾有一面之緣，他可安好？」

洛渙：「師祖他已仙逝二十一年。」

司京：「哦！真是可惜，走得這麼早，當年他的北泊劍法雖敗給我，可是劍法高深，是少數我敬重的劍客之一。」

「請司師父賜教！」洛渙說。

「我今日風濕重犯，雙腳的舊傷疼痛不已，可否請洛師父改日再來？」

「這樣啊……！」洛渙一臉難色，想了一下，「既是如此，那我就先去踢別家劍館，一個月後再來。」

司京心想：這年輕人好大的口氣！

洛渙帶著妻兒走出復劍堂。

兩個月後，洛渙的名聲在武林中迅速崛起，連峨眉、武當都不是他的對手。

又兩個月後，洛渙再次來到復劍堂。

司京：「唉！你來的還真又不是時候，最近天氣再度劇變，我感染風寒，頭暈體弱，請改日再來。」依然看不起洛渙一副鄉下人出身，不願和他比試。

洛渙無奈，又帶著妻兒走出復劍堂。

再一個月後，武林又傳出浪子洛渙，竟然打敗南劍霸主寧玉軒。

洛渙再度來到復劍堂，司京就是看不順眼他鄉下人穿著草鞋，帶著妻兒不懂禮數得亂串。

司京：「我手腕風濕又犯，連拿劍都不行，還是麻煩你改日再來。」

洛渙大怒，「我去你的風濕風寒，我連峨眉、武當和酷免堂的寧玉軒都踢了，還不夠資格跟你比試嗎？」

司京一副安然的口氣：「唉！我年紀大了，身上病痛來了又走，走了又來，想和你比也比不動呀！」

「我不管，今天不和你比試，我就不走，中原兩大劍霸南寧、北司，南霸寧玉軒已是我手下敗將，只差你一個我就是中原唯一劍霸，我今天非和你比不可！」

「洛師父，不然我封你為北劍霸，不比了好不好？」

「開玩笑！我要打敗你才是真材實料的劍霸，出招吧！」

司京親切道：「但是我比不動啊！」

洛渙大吼：「出招！」

一旁的弟子們見洛渙對師父如此無禮，都氣得想上去揍他。

司京仍是好聲好氣道：「我真的有病在身，比不動啊！」

洛渙兩眼露出火光，對身後妻子道：「阿蘭，退到一邊。」再轉向司京，「你再不出招，我就鏟平復劍堂！」

這話一出，一旁的弟子們全部拔劍。

司京不怒不急地對弟子們道：「不要動粗，不可對洛師父不敬！」

洛渙大叫：「我問你最後一次，比不比？」

司京：「你過一個月後再來好嗎？」

洛渙轉身對一旁復劍堂的地子們一個個殺去，出招之狠，竟削斷好幾個人手臂。

司京這下急了起來，以輕功跳到洛渙面前，空手和他對招。

洛渙立刻往後退，「這下你身上的病痛都沒了吧！」再次大吼：「拿劍！」

司京：「練劍練成這樣亂傷人，你瘋了嗎？」

洛渙：「你三番兩次戲弄我，那又怎麼說？」

司京看地上弟子們被削斷的幾只手臂，還有滿地四濺的血跡，「馬上帶受傷的人去找大夫。三聚，拿我劍來！」

司京接過吳三聚呈上的劍，大聲道：「復劍堂弟子聽命，今日我和洛渙比試劍法，不論輸贏，日後不可尋仇。」再以怒容面向洛渙，「不論輸贏，過了今日，你不可再踏入復劍堂一步。」

洛渙滿意地笑出來，「我答應你！」

司京和洛渙過了七十八招還未分勝負，破了司京一生以來的記錄，自己五十二歲時和劍仙呂阿河過了五十七招，花了半個時辰才將他打敗，之後還沒有任人與自己比試超出五十七招。

到了第八十三招，司京開始喘氣，握劍的手開始酸麻。

洛渙笑了出來，「快出絕招吧！不然你不被我殺死也累死。」

司京換了劍式，氣聚丹田，右手將劍反握，左手以指為劍。

洛渙：「早該用你的絕招了，浪費大家時間！」

其實司京已使過他畢生絕學玄天劍第七式，之前每一式都被洛渙所破，司京擔心起來，或許該說是心生恐懼。

玄天劍法最後一式「冰雨」，這一式他再接得了，就不必再比了。

洛渙擺出北泊劍第四式「雲空」，北泊劍法的特點在它

高深莫測，「雲空」意如其名，雲型在空中的變化，讓人難以捉摸。

司京的「冰雨」，劍勢如成千的狂雨般在空中凝結為冰，落地氣勢強勁，著地後立刻炸開，讓人無法招架。

就在司京的劍快刺中洛渙的那一刻，左手劍指運功打入劍柄末端，將內氣注入劍身，一把劍有如數十把冰柱的威力齊發，衝向洛渙。

洛渙打出「雲空」，在二人的劍即將觸碰時，洛渙突然將劍向後一收，司京一驚，沒在預料的情況下碰到洛渙的劍，自己的劍到洛渙的距離，一下多出了一截，就像刺了空劍，劍氣一下提早用盡。

洛渙在司京驚訝的那一刻，避開司京的同時，轉身俯臥在地，以劍柄重重得打重司京胸口。

司京強忍住痛，往前一步朝下刺中洛渙肩膀，頓時血滴噴出。

洛渙怕司京再刺出第二劍，立刻往後跳開，一落地，司京的劍已搭在他脖子上。

「勝負已分，遵守你的承諾，不要再回來。」司京道。

洛渙一臉發白，帶著不信，「沒人可以接我這一招！」

司京：「事實擺在眼前，這是給你一個教訓，我以禮婉轉拒絕你三次比試，不要強人所難。練劍不是光練劍法，還要練好你的氣，更加告訴你，天外有天。你砍斷我弟子的

手臂，我不想追究，因為劍道練的是心，不是仇恨。你若再回到復劍堂，你砍斷我弟子手臂的債，復劍堂將會追討你三代。」

洛渙伸手按住傷口，防止血液一直流出，狼狽得帶著妻兒走出復劍堂。

司京看洛渙走出復劍堂，整個身體才鬆懈下來，強聚在胸口的氣一下放開，口中吐出一口接一口的鮮血，弟子們立刻上來扶住他。

司京：「我的胸口……」一句話沒說完便暈了過去。

司京在床上醒來，看見大夫剛剛離去。

等吳三聚回到床前，司京靠著一絲的虛氣道：「大夫怎麼說？」

吳三聚：「肺被震裂了。」

司京：「原來我輸了……」

「師父，您別說話，先好好休息。」

「洛渙要是足夠自信，再出招過來，我將無法接得住他一招一式。」

「師父，大夫說你不能說話，肺氣會再逼出血的！你現在什麼都別想，把身子養好再說。」

司京閉上眼，想不到武林中出了洛渙這樣一個高手，他才二十六歲，將來不單是在劍壇上，連整個武林都是他的！

我現在是不是該退隱了！

接下來三個月，司京每天躺著，每天想著「我是不是該退隱了？」

原本要做的事，
去論劍壇做評判、
到銼劍堂指點新入門的弟子、
上峨眉山閉關、
和李大人吃飯、
到南方商討一年一度的武林大會
唉！都做不了了。

復劍堂裏還好有吳三聚和孔祥玉先撐著，否則其他人我還真不放心啊！

等我能說話、能下床之後，我要……………

患難見真情！我妻兒待我無微不至，我從來沒對他們表達感恩之意。

復劍堂將來的發展，必須朝兩個方向，維持好在北方的聲望，同時和南方劍壇要多有來往，發動整個中原習武之人多有學劍的機會⋯⋯⋯⋯⋯⋯

　　房內，司京獨臥於床上。

　　感覺身體稍微好了一點，嘗試自己坐起來，再慢慢站起來，走沒兩步，肺部舊傷崩裂，口中一甜，血又從肺部倒流出來，咳個不停，每咳一下胸口就撕痛一下，原來這才叫撕心裂肺！

　　用盡全身僅有的力氣，點住胸口兩個麻穴，讓肺部的裂傷暫時不再導致咳嗽，再將床邊的茶壺推落地上破碎，讓房外的人聽見聲音。

　　妻子緊張地跑進來，見司京胸前咳出了一大片血，驚叫起來，將他扶上床，立刻轉身跑出去找大夫。

　　司京奄奄一息得在床上。

　　是時候把劍心傳給吳三聚和阮庶安了！

　　要怎麼教他們呢？

劍心是要練到把劍在心中放下，再把該拿起的重新拿起，不該拿起的捨下。

　　放下！
　　我是不是把原來該放下的東西又拿起來了？
　　而且還拿得這麼緊。

　　要不是這次受傷，我如何能再讓自己放下？
　　把緊緊握住的劍法、名利、自尊，都放了，回到當初愛劍的單純。
　　放下⋯⋯⋯⋯⋯⋯。

原來時間會讓人把已經放下的東西再抓起

自己不知不覺中，越抓越緊

到那時候，只能等待機緣，重新放下

只有放下，才能隨心所欲

人要不斷地放下，才能保有清澈的初心

那生命最可貴的赤子初心。

國家圖書館出版品預行編目

劍客 / 翊青著. -- 臺北市：獵海人,2024.02
　　面；　公分
　　ISBN 978-626-98128-1-3(平裝)

863.57　　　　　　　　　　112021919

劍客

作　　者／翊　青
出版策劃／獵海人
製作銷售／秀威資訊科技股份有限公司
　　　　　114 台北市內湖區瑞光路76巷69號2樓
　　　　　電話：+886-2-2796-3638
　　　　　傳真：+886-2-2796-1377
網路訂購／秀威書店：https://store.showwe.tw
　　　　　博客來網路書店：https://www.books.com.tw
　　　　　三民網路書店：https://www.m.sanmin.com.tw
　　　　　讀冊生活：https://www.taaze.tw

出版日期／2024年2月
定　　價／320元